長編新伝奇小説
書下ろし
ソウルドロップ彷徨録

上《か》遠《ど》野《の》浩《こう》平《へい》

トポロシャドウの喪《そう》失《しつ》証《しょう》明《めい》

NON NOVEL

祥伝社

CONTENTS

Illustration／斎藤岬
Cover Design／かとう　みつひこ

『……ひとりきりなのか？　みんなそうなのか？　助かる道はまだあるのか？　忘れていた異議が残っているのか？　――もちろん異議はある。あるに決まっている。論理は確かに非情なものだが、生きようと欲する人間には、その論理も道を譲《ゆず》るはずだからだ。……そのはずだ』

――フランツ・カフカ〈審判〉

その蕎麦《そば》屋は通りから少し外れた、静かな道沿いに建っていた。こぢんまりとしているが雰囲気のある店構えで、老舗《しにせ》の風格があった。

「ここか――」

伊佐俊一《いさしゅんいち》は、友人から呼び出されたその店の暖《の》簾《れん》をくぐった。蕎麦屋と言っても、和食会席全般を扱っている店らしい。何種類もの出汁《だし》のいい香りがした。

「よう、いっさん」

陽気な声が掛けられる。座敷席が全部で三つしかない店に、客が一人だけ座っていた。

「悪いな、休暇中のところを」

「別に休みって言っても、書類上必要な分を消化しろって言われただけだ。結局家で寝ているだけだしな」

「おたがい生活にゆとりがないってか?」

私立探偵の早見壬敦《はやみみつる》は、そう言って大きな声で笑った。無精髭《ぶしょうひげ》にゆるんだネクタイは店の上品な雰囲気には全然そぐわないはずなのに、なぜか調和した空気がある。

(生まれは隠せない、ってヤツか? いやこいつの場合は単に、どこにでも馴染《なじ》めるだけか)

伊佐はそう思いながら、早見の前に腰を下ろした。早見はやや得意げに、

「まあ試してみろよ、ここの蕎麦はいけるぜ。色気のない人生で数少ない楽しみってヤツだよ」

と言ってきた。

「しかし、高そうだな」

「おごるよ。呼びつけたんだから」

「いいのか? 貧乏探偵に金を出させるのは気が引けるよ」

「少しぐらいは見栄《みえ》を張らせろよ」

早見が胸を反《そ》らしてそう言ったとき、店の初老の

主人が店とつながっている厨房《ちゅうぼう》から、

「お世話になった早見さんから金は取れませんよ」

と笑いながら言ってきた。早見は少しバツの悪そうな顔になったが、すぐに悪戯《いたずら》っぽい眼になって、

「ま、ツケが利《き》くってことだよ、ここは」

と言った。伊佐は苦笑した。しかしすぐにあらたまった顔になり、

「それで、今日はなんの用だ？　別に親交を深めるために来させた訳じゃあるまい」

ここは早見の、秘密の会合場所のひとつなのだろう。信頼できる身内しかいないのだ。

「いや、この店を教えたくてな——というのはまあ、半分の理由だ」

早見はうなずいて、テーブルの上に大判の封筒を出した。

「見てくれ。なかなか面白《おもしろ》いものが入っている」

伊佐は言われるままに封を開いた。中には数枚の写真と書類が入っていた。

「なんだ、これ？」

写真には奇妙な物体が写っていた。壺《つぼ》なのか電灯の傘なのか、とにかくねじくれた形をしたガラス製のオブジェのようだった。様々《さまざま》な色がまだらに混じっていて、あちこちが不透明なので、なんだか巨大な微生物のようでもある。

「トポロス、というらしい。まあ前衛芸術とかいうもんなんだろうな」

「こういうのは、よくわからないな——」

伊佐が顔をしかめると早見もうなずいて、

「俺もだ。しかし俺たちは別に鑑定士じゃねーから、そいつの価値を知る必要はない。興味深いのは、こっちの電子写真の方だよ」

そう言って差し出されたのは、そのトポロスというものをレントゲンで撮影したものを、さらにCGで補正したもののようだった。

「一箇所だけ着色してる——そこが問題の箇所だ」

「壺の内側にあるのか？　しかし、でたらめな染《し》み

のようにしか見えないが」

「それはガラスが熱い内にひねったり、ねじったりしたからだ。それを分析して、元の形に戻したものが、こいつだ」

と早見が出した一枚の写真を見て、伊佐の顔色が変わった。

そこには四角く囲まれた枠線と、その中に書かれた文字の列がくっきりと浮かび上がっていた。その文章は――

〝これを見た者の、生命と同等の価値のあるものを盗む〟

――そう書かれていた。

「こ、こいつは……！」

それはごく一部だけで語られる、ペイパーカット現象と呼ばれているものに関連した文章であった。

それは怪盗であるとも、殺し屋であるとも言われている。その文章が書かれた紙切れを受け取った者は、他の者にはどうでもよいとしか思われない物を盗まれた後、生命を落としてしまうのだ。

しかし、どこからともなく現れて、その紙切れを置いていく者が何者なのか、目的はなんなのか、どんな姿をしているのか、誰にもわからない。見た者によってまったく違う姿に見えるのだ、とも言われている……そのすべては謎に包まれている。

「そうだな、例の〝予告状〟と同じ文章だな。そいつがなぜか、そのトポロスというガラス細工の中に刻み込まれている――しかも内側に」

早見は伊佐の一変した表情を見て、自分も真剣な顔になる。

「どう考えても偶然なんかじゃない。明らかに何者かの意志を感じるよな」

「うう――」

伊佐は、弱ってしまっている眼を保護するために掛けているサングラスの位置を直しながら、なんどもなんどもその写真を確認した。その動作にはただならぬ執念が感じられた。

もとは警察官であった彼は、かつてペイパーカットと遭遇している。その過去から、彼はサーカム財団という〝怪盗〟の謎を探求している組織にスカウトされ、それを追い続けているのだ。

伊佐は押し殺した声で早見に、

「……こいつを、どこから入手したんだ？」

と訊《き》いた。早見は素直に即答する。

「兄貴の筋からだ」

「……東澱時雄《ひがしおりときお》が、どうしてこんなものを知っている？　ペイパーカットを調べているのは、妹の方じゃなかったのか？」

「別にペイパーカットを追っていて、これに辿《たど》り着いたんじゃないらしい。兄貴が縁のあるトポロスを調べていたら、浮かんできたという話だ。あんたに教えてやれ、とさ」

「…………」

伊佐は質問こそしたものの、すぐにまた写真の方に視線を戻してしまう。早見は一応、説明を続ける。

「兄貴と奈緒瀬《なおせ》は、爺ちゃんの跡目《あとめ》を巡って色々と対立しちまっているからな。あんたに教えれば、奈緒瀬の足を引っ張れるとか思ったのかも——ま、あんたはそんなことには全然関心を持たないだろうが」

「……これが創《つく》られたのはいつごろなんだ？」

伊佐の問いかけに、早見は少し肩をすくめて、

「ていうか、今でもどんどん創られている。ひとつひとつ形の違う一品ものだが、同じようなのがごろごろしてるよ。制作者は若い女だし、これから売り出そうってことで、展覧会を開いている最中だって話だ。トポロスってのも総称だ。言ってみれば商品名なんだろう」

と、妙に俗っぽい答えを告げた。

「その全部に、こいつが刻《きざ》まれているのか？」

「それはわからない。兄貴が調べさせたのはひとつだけらしい。そもそもペイパーカットにそんなに関心がないんだろう、兄貴は。奈緒瀬の手柄《てがら》を横取りしてもつまらないと思っているんだろうな。あるいは、そんな欲張ったところを爺ちゃんに見せたくない、とか」

「…………」

伊佐は他の資料にも目を通し始めた。その間に季節野菜の天ぷらが添えられたざる蕎麦が来て、早見の方はずるずるとすすり始めたが、伊佐は目もくれない。

「おーい、蕎麦が乾いちまうぜ。香りのいいうちに喰ってくれよ」

早見が真剣すぎる彼をなだめるようにそう言ったところで、伊佐は、

「……これは誰だ?」

と資料にクリップで留められている一枚の写真に目を留めた。

そこに写っているのは、平凡な顔をした、やや弱気な表情の、ありふれた感じのひとりの男だった。青白い顔で、あまり健康そうには見えない。

「――諸三谷《もろみや》、吉郎《よしお》……トポロス展覧会に関連した保険契約を担当した、個人代理店の男……」

伊佐はなにかを確認するように、記されている情報を読み上げる。しかしその肩書きも、ごく平凡なものでしかない。

「あ? 誰だって?」

早見の方はそんな末端の人間のことには注意が及んでいなかったので、きょとんとした顔になった。

「この男――こいつの眼、これはなんだか似ている……」

伊佐は、その諸三谷という男の写真を穴の開くほどに睨《にら》みつけていた。そして絞り出すように、

「もしかしてこの男が……今回の〝標的〟かも知れない――」

と呟《つぶや》いた。

"The Deprived Proof of Topolo-Shadow"

トポロシャドゥの喪失証明

CUT/1.
Makoto Moromiya

もし君がいなくなったら
ぼくはどうすればいいのだろう
――みなもと雫〈バタフライ・ドリーム〉

1

フリーで仕事をするということは、収入が不安定になる反面、時間を自分の好きなように使えるというメリットがある。だから彼、諸三谷吉郎は会社をやめて、自分で代理店をつくって仕事をするようになった。

今日はまさに、その時間を必要とする日であったのだが、朝になって連絡が入り、午後にならないと面会はできないと急に言われてしまった。

（まさか悪化したのか──いや、あまり考えすぎると、会ったときに態度が変になる。負担を掛けてはいけないのだから……）

頭の中で不安がぐるぐると渦《うず》を巻く。それはいつものことだった。その度《たび》に吉郎は、

（……信じることが大切、信じることが大切、信じることが……）

と心の中で呪文を唱《とな》えるように、同じ言葉を繰り返す。

しかし時間が半端《はんぱ》に余ってしまった。いつもならば新規顧客獲得のために、あちこちに挨拶《あいさつ》まわりに行くところだが、そこで下手《へた》に仕事の話が進んでしまったり、どこかに付き合わされると困るので、

（あそこに行くか──現場だから、ちょうどいいだろ）

顔を出しておかないと無責任だと言われるが、しかし偉い人もあまりいないので、すぐに帰っても問題ない。

そこは地域でも最も大きなデパートの催事場だった。なんだかよくわからない、不思議な形をした壺というか、オブジェというか──なんとも言い様《よう》のない物が並べられている。

トポロス、という名前だ。

それはさまざまな色をつけられた複雑精緻《せいち》なガラス細工で、あちこちが透明だったり不透明だったり

していて、奇妙にねじくれた形をしている。花瓶のような物もあれば、傘みたいな形をしたものもある。大きさも三十センチくらいのものから、一メートルを越す物もあり、統一感というものはない。ただ——どれもこれも、何らかの形で〝穴〟があいているのだった。

すべて波多野《はたの》ステラという若い女性の作品であり、他のなにものにも似ていないということから、彫刻や陶芸などではなくまったく新しい創造物として『トポロス』と呼ぶのだという。

（まあ、単にもっともらしく箔《はく》を付けるためなんだろうけど——でも、確かに名前がないと、どう扱っていいのか判断に困るな）

トポロスが不思議なのは、その穴の空《あ》いた形状だけではない。なによりも奇妙なのは、それが下に落とす影であった。

本体の形に、まったく似ていないのだった。透明な部分が透《す》けたり、光を屈折させたりするので、影は影で全然別のシルエットを描くのである。

吉郎の前にある、球形の左右に、蝶《ちょう》の羽のようなびらびらした飾りがついたトポロスなどは、影が〝8〟の字の形をしていて、メビウスの輪か無限大シンボルか、というような感じになっている。球がほぼ透明なので光が屈折して、そういうことになるのだ。

（形だけなら、なんだか包み紙に入った飴玉《あめだま》みたいなんだがな……）

吉郎がそんなことをぼんやりと考えたとき、彼はひとりの客がいることに気づいた。

「…………」

どきりとした。

コート姿のその男は、銀色の髪をしていた。そう染めているというよりも、実際に金属なのではないか、と錯覚させるほどにそれは自然な光沢《こうたく》を持っていた。

すらりとした長身で、目立つ外見である。見た目だけなら芸能人かモデルか、といった感じであるが、雰囲気は……なんだか他のどんな人間にも、全然似ていない。

「………」

ぽかん、としてその男を見つめてしまっていたら、やがて向こうの方もこちらに気づいて、

「――やあ、どうも」

と軽く会釈《えしゃく》して、声を掛けてきた。

「あ、いや――」

吉郎が思わずどぎまぎしてしまっているところに、男は、

「あなたは関係者の方ですか？」

と訊いてきた。

「あ、はい――そうです。こういう者です」

と、吉郎は反射的に、男に名刺を出していた。

「諸三谷さん？　新種保険契約代理店――ですか。なるほど」

男は、展覧会の会場を見回しながら言った。

「この催《もよお》しにからんだ保険を管理されている方ですね」

「ええ、そうです――あなたは？」

「私は」

男はそこで、ちら、とひとつのトポロスに眼をやった。それはさっきまで吉郎が眺めていた、なんだかキャンディードロップに似ている、あの〝8〟の字の影ができる物だった。それを見ながら、彼は、

「――飴屋《あめや》、と呼んでください」

そう名乗ったが、名刺は出してこなかった。しかし普通の勤め人には見えないから、それが逆に自然な感じがした。

「アメヤさん、ですか」

どういう字を書くのだろう、と思ったが、わざわざ訊いたりはしなかった。

「お仕事は何をされているんですか？」

「そうですね――調べものです。紙切れにものを書いて、過ごしています」

飴屋は変わった言い方をしたが、これは要は、研究家とか作家、といったような風の職業なのだろう。そういう業種の人間は、やたらと訳のわからない横文字の肩書きがついているものだ。おそらく説明するのが自分でも面倒なのだろう、と理解した。

「はあ――なるほど」

吉郎は釈然としない感じを受けつつも、うなずいた。

「しかし、これは面白いものですね」

飴屋はトポロスに視線を向けた。

「ええ――不思議でしょう？　製作方法も秘密なんだそうですよ。他のガラス職人とか陶芸家の人に訊いても、どうやって造っているのか見当もつかないって答えるらしいです」

「名前も変わっている」

「なんでも、トポロジーとかいう難しい数学が由来らしいんですが、造った人は何も説明しないので――」

「位相幾何学《いそうきかがく》、というやつですか」

飴屋はいとも簡単に、およそ日常生活では使うことのないその単語を口にした。

「確かにあれも、穴が空いているかどうかが重要なポイントになる」

「ご存じなんですか？　数学で、穴がどうとか関係あるんですか？　でも――どういうことです？」

「数学というのは、なんだと思います？」

「ええと――ですから、数字を並べて、足したり割ったり」

それは彼が日常で行っていることだ。少しでも多くの数字を積み上げること、しかも他人よりも多く――それこそが自由競争社会の目的でもある。しかし飴屋は、

「数学というのはつまるところ、何と何が同じなのか、ということを証明しようとするものですよ」

そう言った。

「同じ――？」

「そうです。数を並べることは、ある意味、あれとこれがどれだけ違うかということを示すことですが、全然違うはずのものを、無理矢理に〃これとこれは同じだ〃と言い張って、それを数式で説明するのが、数学ですよ。たとえば」

飴屋は展示物をひとつだけ置いてある台形の、小さめなデザインテーブルを指差して、

「約、百二十三」

といきなり言った。

「は？」

吉郎がきょとん、とすると、飴屋はかすかに笑って、

「このテーブルの上の面積を、センチメートルで説明するとそうなるんですよ。面積を平方で。幾何学的にはこの数字と、このテーブルは同じということですね」

と言った。まるでメジャーで各部の長さを測《はか》って計算したかのような、それは断定だった。

「あ、ああ――なるほど？」

吉郎は、適当に言ってるんだよな、とは思ったが、それでも不思議な感じがした。台形の面積って、底辺掛ける高さ割る二だっけ、いやそれは三角形か、それじゃええと――とか考えていると、飴屋はさらに、

「なんでも数式で表すことができる、というのが数学でしょう――その式と、実際にあるものは同じだと。要は〃氷のような女〃というような喩《たと》えと同じですよ。人間は氷ではないが、印象という基準の上では相似《そうじ》になる――だからこの喩えは成立する」

と言った。その声はあくまでも穏《おだ》やかで、ふざけているような感じはしない。

「それがトポロジーのような高等数学になると、数式があるだけで、それに対応する現実がどこにあるのか、人にもわからなくなってしまっていますが――これだって〃世界平和〃という言葉だけがあって、現実にはないのと同じことでしょうね」

「は、はあ――」

吉郎はとまどいつつも、なんだかその男の話に惹《ひ》かれるものを感じていた。

「アメヤさんは、ここには取材で来られたんですか？」

「そうですね――調べるために、ですね」

飴屋はまた、その言葉を繰り返した。

「どうしても知りたいことがある――そのヒントを探し回っているんですよ」

「ものをお書きになるんですよね？　どんなものを――」

と質問しかけた吉郎の言葉が、途中で詰まった。

飴屋が、彼のことをじっ、とまっすぐに見つめているからだった。

「――――」

それは眼のようで、眼ではないようだった。その眼差《まなざ》しからは光というものがなにひとつ放たれておらず、空間に穴ぼこが空いているような感じがした。そして飴屋は、

「あなたなら、知っているのかも」

と言った。

「――は？」

「あなたは知っている。自分の生命と同じだけの価値があるものを」

飴屋は、あくまでも真顔《まがお》である。

「なんの……ことですか？」

「私がこの姿で見えるということは、そういうことなのですよ。自分の生命の意味を、自分で知っている者でなければ、銀色には見えない」

飴屋の髪の色は、見間違えようのないくらいに、見事に銀色である。なんでそんなことを言うのか、吉郎にはまるで理解できない。

しかし――それでも心に引っかかる言葉がそこにはあった。

生命――生きている意味。

なんのために生きているのか。

確かに吉郎は、自分でそれを知っていた。そのために生きている、と言えるものが彼にはあった。

それを守るために、彼は会社を辞めて独立して、多くのものを失いながらも懸命に生きているのだった。

「……あの」

吉郎は、もう少しこの奇妙な男と話をしていたかった。しかしそろそろ、時間だった。

「ええと、もしなにか保険関係でお知りになりたいことがあったら、その名刺の番号に連絡してください。いつでもご相談に乗りますから」

仕事でいつも言うような言葉しか出てこないのが、少しもどかしい。飴屋はかるくうなずいて、

「ええ——そうですね。また会うことになるでしょうね、あなたとは」

と言った。そしてきびすを返して、その場から歩み去っていった。

吉郎が去らなければならないのを察して、それを先にやったかのようなタイミングであった。

「…………」

吉郎は時計を見た。まだ少し余裕はあったが、それでも彼はいつも、早めに行くことにしているので、やや慌《あわ》て気味にその場から離れて、駅に向かった。

*

——その直後。

その催事場に、一人の人物が姿を現した。

若い女だった。

すらりとした長身で、彫《ほ》りの深い顔立ちに、青い瞳をしている。北欧系と東洋系の混じった印象のある女性であった。

受付の者はその人物を見て、あれ、という顔になった。

「今日は、お見えになると聞いていませんでしたが

――」

焦《あせ》った感じで質問されても、その人物はまったく相手の方を見ずに、そのまま中に入っていってしまった。時間が早いせいか客は誰もいないので、それはなんだか劇場の舞台にひとり進み出る主演女優のようにも見えた。

「あ、あの――？」

あわてて人が呼ばれて、その人物の後をついていく。

「どうかされたんですか、ステラ先生？　何か問題でも？」

呼びかけられても反応せず、その人物はトポロスが並べられているのを焦点の合わない眼で見回していたが、やがてぶつぶつと呟きはじめた。

「……ない、ない、ない……にはない、……ここにはない、ここにはない……」

フロアの中央に歩み出て、両腕を左右に突き出して、指先で何かを摑もうとする――右に、左に、どちらにも行こうとして、どこにも行けないような奇妙な動きであった。

そして彼女は〝皇帝の使者〟と題されたひとつのトポロスの前で、茫然《ぼうぜん》とした眼差しでそれを見おろして、

「……ない、これではない……これでは……ならない、キャビネッセンスにならない……」

と意味不明の言葉をぶつぶつと呟いた。

「は？　なんですって？　なにかおっしゃいましたか、波多野先生――」

とスタッフが呼びかけようとしたところで、その女性は、ふっ、と力が抜けてしまって、その場に倒れていった。

まったく踏ん張る気配もなく、彼女はただ崩れ落ちていった。操《あやつ》り人形の糸が切れてしまったかのような動きだった。

貧血かと思って、あわてて周囲の者たちは助け起こそうとした。

だがその身体に触れかけた者が、ひっ、と言って思わず手を引っ込めてしまった。

彼女の身体は床板のような感触だった。冷え切っていて、そして弾力がなかった。ぴくりとも動かず、つついたらその分だけずれて、そしてそれっきりだった。

死んでいた。

2

その病院は山の中にあり、しかもバスなどは通っていないので、行くには徒歩かタクシーしかない。それも敷地内に入るのは特別な許可証が必要なので、タクシーでは乗り入れできず、結局途中で降りなければならない。だからいつも吉郎はそれなりに長い道のりを歩いて、その白い建物に向かう。そして、

「名前を記入して、身元を証明するものを見せてください」

入り口のところには複数の警備員がいて、身元証明をいつもチェックされる。その態度はどこか冷ややかというか、機械的である。たとえ顔見知りでも手続きの不備がひとつでもあったら、どんなに頼み込んでも入れてはくれないような、そんな雰囲気がある。

それも無理はない。ここはただの病院ではなく、半分は〃研究所〃なのだというのだから――。

受付の態度も非常に冷ややかだ。しかし面会可能かどうかはここに確認しないとわからないので、いちいち顔を出さなければならない。

「――他の階には行かないでください。もしも規定違反が発覚しましたら、面会許可も取り消しになるので、気をつけてください」

受付の女性が感情のない声で言ってくるのも、いつものことだった。

「ああ、わかっている……」

吉郎は気のない調子でうなずいて、入館証を首からぶら下げて、エレベーターに乗り込んで上に向かう。見舞い品はない。食べ物や生花などは一切持ち込みしてはいけないと注意されているからだ。

誰とも行き会わない。この病院で、およそ他の患者とか、その家族とかに会ったことがない。いつ来ても、自分と関係者以外には、人がいないかのようだ。

エレベーターは一度も停《と》まらずに、目的の階にすぐに着いた。

降りても、フロアはしん、と静まり返っている。ナースステーションの類《たぐい》もなく、ただ鍵の掛かった部屋がやたらに並んでいるだけだ。そして彼が入ったことがある部屋はその中で二つしかない。

その内のひとつに、彼はノックした。

「どうぞ」

という返事がしたので、彼は静かに扉を開ける。

個室にしては広い室内にはベッドがひとつしかなく、その上には一人の少女がいた。彼が扉を開ける前から上体を起こしていて、顔色も悪くなさそうだった。だがやはり、スマートというにはやや細すぎるほど、痩《や》せている。

「やあ真琴《まこと》、具合はどうだい?」

吉郎がそう呼びかけると、長い入院のためやや色素が抜けてしまっている茶色がかった髪を三つ編《あ》みに編んでいるその少女は、にっこりと微笑《ほほえ》んで、

「いい気分よ、お兄ちゃん」

と答えた。その入院患者は吉郎の実妹である諸三谷真琴だった。

二人の歳は十七歳も離れている。そのせいか、兄妹だというのにあまり似ていない。

「午前中は検査だったっていうけど、何かあったのかい」

「いいえ、別に――いつものことよ」

真琴は首を横に振った。

「あんまり心配しなくて大丈夫だから」

「あ、ああ」

うなずきはしたものの、しかし吉郎は納得していない。だいたい面会の予約そのものは三ヶ月前から訊いてくる癖に、検査があると言ってきたのは今朝になってからなのだ。心配するなというのは無理な相談だった。

「お兄ちゃんこそ、仕事は大変なんでしょ？　お見舞いに来てくれるのは嬉しいけど、その分ゆっくり休んだほうがいいんじゃない？」

「いや、それこそ心配いらないさ。フリーだからね。会社に毎日、無駄に通わなくても済むんだから」

吉郎は努めて明るい口調で言った。これは嘘である。フリーだからこそ、会社勤めの者よりもさらに働かなければならないのだから。

「――」

そんな彼のことを、真琴は穏やかな表情のまま、じっ、と見つめてくる。

「な、なんだい？　なにか欲しいものでもあるのかな」

「ねえ、お兄ちゃん――無理はしないでね」

真琴は微笑みながらそう言った。吉郎はあわてて、

「別に、おまえが欲しいものぐらい無理しなくたって買えるよ。これでも稼いでるんだぜ、俺は。前にいた会社で成績トップで、それで独立したんだからな」

それは嘘ではないが、しかし成績トップになった本当の理由は言えない。闇の大物と裏取引しているからだ、などということは。

「お兄ちゃんは昔からそうだったね――私の前だと、絶対に弱音を吐かないわよね」

真琴は兄から視線を逸《そ》らさない。

「お父さんたちが死んだときも、大丈夫、心配するなって言うだけだったし、典枝《のりえ》さんとのときも、問題ない、って――そればっかりだったわ」

「……典枝のことは、もういいだろう。終わったことだよ」

別れた妻の名前が出てきて、さすがに吉郎の顔に苦《にが》いものが浮かんだ、そのときだった。

ノックもなしでいきなり、病室のドアが開いて、白衣の男が顔を出した。

「ああ、諸三谷さんのお兄さん――いらしてましたか」

その男は真琴の主治医だった。鼻筋が通っていて、眼の色もやや青みがかっている。日本人には見えない顔立ちをしている男だった。実際に外人なのかも知れないが、言葉には一切の不自然さはない。ずいぶんと若く、まだ二十代ぐらいの若造にしか見えない。眼鏡を掛けているが、度があまり入っていない感じで、もしかすると医者っぽく見せるための伊達《だて》眼鏡かも知れない、と吉郎は感じている。そうでもしないとハリウッド俳優かと思わせるほどの美形なのだ。


「ああ、先生」

真琴は彼を見て、明るい声を上げた。医師もうなずいて、

「真琴ちゃん、今朝の検査の結果が出たよ。異常なしだ。新薬の効果は充分に出ている」

と言った。

「新薬？」

吉郎はその言葉に眉《まゆ》をひそめたが、真琴本人は平然と、

「だから気分はいいって言ったでしょ、先生」

と言う。ずいぶんと親しげだが、これはいつものことだった。

「ああ、まったく君は素直に言ってくれるんで、助かるよ。あのお姫さまにも、少しは君を見習ってほしいものだが」

医師がぼやくようにそう言うと、真琴は笑った。

「そんなこと言っていいんですか？　また姫さまはへそを曲げちゃいますよ」

「どうせ最近は、ずっと不機嫌なんだよ。あの親友のお嬢さんがなかなか来れなくて。私なんかじゃ彼女の話し相手にもなれないしね——」

二人はお互いにしか通じない話を、吉郎の前で楽しそうに交《か》わしている。姫さま、というのがどうやらこの医師が担当している他の患者らしいことは見当がつくが、しかし、そのことを訊いても教えてくれないのだ。この病院の秘密主義は徹底している。決して外部の者に内情を話さない。患者である真琴にも秘密を守るように言っていて、彼女も素直に従っているのである。

それを知りつつも吉郎は苛立《いらだ》ちを隠せず、

「あの、先生——」

とやや喧嘩《けんか》腰に話しかけようとしたら、医師の方が、

「ああ、お兄さん。あなたにもお話がありますので、面会が終わったら私の部屋に来てください。場所はわかっていますね？」

と一方的に言った。虚をつかれて、吉郎が言葉に詰まっていると、それじゃ、と医師はさっさと病室から出ていってしまった。

「…………」

吉郎が茫然としていると、真琴が、

「お兄ちゃん——やっぱり疲れているみたいね。余裕がない感じ」

と優しい口調で言ってきた。それからベッドの横に置いてあるタオルを手にとって、口元に当ててから、小さく咳《せ》き込んだ。

吉郎はそれを見て、胸を突かれるような感じがした。咳は小さなものであったが、それでも彼女はタオルを口に当てる。時折そこに血が混じっていることがあるからだ。

口から離れたタオルは白いままだったが、それでも吉郎には、彼女がそんなことを一々しなくてもいいような、健康な人生に戻さなければ、という強い気持ちが湧き起こる。

「余裕は――なくてもいいさ」

つい力を込めて、そう言った。

「おまえが治ってからだよ、僕が休めるのは――大丈夫さ。信じることが大切なんだ。おまえが自分で良くなるって信じていれば、きっと」

同じ言葉を、彼はここに来る度に言っているのだが、自分ではそれを繰り返しているという意識はない。

「――うん。わかってる。でもほんとうに、無理はしないでね」

真琴も、その繰《く》り言《ごと》を注意することなく、いつでも同じようにうなずくのだった。

3

医師の部屋にはそんなに入ったことはない。真琴が入院したときや、彼女の治療法などの説明を受けた際に二、三度足を踏み入れただけだ。それでもその印象は、やはり普通の病院とは空気が違う感じがする。

デスクのみならず、複数のモニターや機器類が並んでいて、医療行為よりも研究が主目的のような、そんな部屋なのだ。

「ああ、どうもお兄さん、こちらへどうぞ」

医師は吉郎に椅子をすすめてきた。言われるままに彼は医師の前に腰を下ろした。そしてさっそく、

「新薬ってなんですか、まさか病状が悪化しているとかじゃないでしょうね」

と詰め寄るように訊いた。医師は頭を左右に振って、

「そういうんじゃありませんから、ご安心を。それに新薬と言っても、今までのものよりも弱めの成分のものですから、副作用が出るとか、反応がありすぎるといったことはありませんので」

と諭《さと》すように言った。

「しかし、なにか新しい処置をするときは、まず保

護者である僕に話をしてから、実施してください。そうでないと心配です」

吉郎はつい、切羽詰《せっぱ》まった声を出してしまう。

「ただでさえ、ここは保険も利かないような特別な治療をしているんですから――治療過程がどういうものなのか、説明する義務があなた方にもあるはずです」

「ええ、そうなんですよ――そこなんです」

医師はうなずいた。そして、

「ここでの医療費はかなりの高額です。あなたも大変なご負担をされているわけですが……どうですか？　やはり長期間にわたって支払い続けるのは厳しいでしょう」

と、淡々とした口調で逆に質問してきた。

「……何がおっしゃりたいんですか」

吉郎は不安を覚える。そこに医師は静かな声で、

「妹さんを、私たちに任《まか》せてもらえませんか？」

と言った。吉郎は絶句して、言葉に詰まる。医師はそのまま、

「現在、妹さんの法的な身元引受人はあなたであり、親族ということで保護者もされている。彼女はまだ未成年ですしね。しかしあなたさえよろしければ、彼女の同意の下に、彼女を我々の研究協力者として契約を結びたいと考えているのです。彼女は今月で、満十八歳だ――本人が希望すれば、彼女自身が我々と取引できる」

と続けた。それはずいぶんと奇妙な言葉であった。

「――なんのことです、契約？　取引ですって？」

「ああ、勘違《かんちが》いなさらないでください。別にこれまでと異《こと》なることをなにかしようというのではありません。同じことをしていくだけです。彼女の病気の治療をね。しかし――あなたもご存じのように、彼女の病気というのはとても珍しい上に、変異を繰り返している。つねに新しい治療法を研究開発し続けなければならないんですよ。それに際して、これま

でのようにあなたの同意をいちいち得ていては、手遅れになる危険性もあるんです。迅速な対応が必要なんですよ。おわかりでしょう?」

そう言われても、さっぱり理解できなかった。こいつは何を言っているのだろう?

「——いや、待ってください。契約って……妹にその、サインをさせるってことですか」

「まあ、そういうこともするかも」

「それって……」

「いや、落ち着いてください。あなたが思っているようなことではありませんよ。念書を取ってから好き勝手しようとかいうことではありません」

「でも……要はその、妹を実験材料にしようっていうんだろう!」

急に頭に血が上って、大声を上げて立ち上がっていた。

「珍しい病気だから、妹を研究したくって契約とか言ってるんだ! そんなもの認められるか! 金ならなんとかしてみせる! 今までだって——」

興奮している彼に対し、医師はあくまでも平静である。彼は静かに言った。

「今までだって、そうだったんですよ、諸三谷さん。研究材料に使っていたからこそ、妹さんに施《ほどこ》す処方を発見して、治療を続けてこられたんです」

そう言われて、吉郎はうっ、と言葉に詰まった。

彼女をここに入院させるまでのことが想い出された。どこに行っても、原因がわかりません、他のところに行かれた方が——と言われ続けて、たらい回しにされた頃のことは、悪夢として未だに脳裏《のうり》に鮮明に刻まれている。あの頃の妹は、今よりももっと痩せてしまっていて、常に咳き込み続けていて、そして身体からは——苦い血の臭《にお》いがしていた。

辛苦《しんく》の果てにやっと見つけたのが、この病院だったのだ。紹介してくれた医者にも「私がすすめたなんて、他のところでは言わないでくださいよ」と言われ、最初から怪しいといえば怪しかったが、しかし――ここで彼は、やっと妹が回復するかもという希望を持てたのだ。

「…………」

吉郎が黙り込んでしまうと、医師はうなずいて、

「もしも、どうしても反対なされて、この病院にも入れてはおけないというのなら、我々にはそれを止める権利はありません。ただ人道的な見地からは、はっきりと反対です。確かに我々の手が及ばず彼女の身に、もしものことが起こるかも知れません。その可能性は否定しない。しかし彼女をよその設備で治療できる可能性は、これはほぼ〝ゼロ〟です。対応できる病院は世界でもここだけでしょう。ここにいれば少なくとも一年は確実に生きていられますが、外に出たら……三ヶ月と保《も》ちませんよ」

「…………」

口調は物静かだったが、はっきりと断定した。

そのことは、保険の仕事をしている吉郎にはよくわかっていた。ほとんどの医療事業というのは、百万人が罹《かか》る病気のためにあり、ひとりしか患者のいない病気には関心が払われないのだ。

「し、しかし――」

「こんなことを申し上げるのはなんですが――妹さんのお気持ちも考えてあげてください。あなたに負担を掛けている、そのことを彼女は気に病んでいます。そのストレスは相当なものです」

「……それは、その……」

吉郎は言うべき言葉が見つからない。様々な取引や契約を取ってきた、彼得意の口八丁手八丁の、舌先三寸の技術がまったく役に立たなかった。

「別に、このことであなたを締め出そうというわけではありませんよ。今までのように入館証もお渡ししますし、経過報告も欠かさずします。ただあなたが、妹さんの法的な保護者ではなくなるというだけのことです」

医師はさっきから、まったく表情を変えない。穏やかな笑みを浮かべ続けている。それは吉郎がどん

なことを言おうが、もう結論は変わりようがないという確信があるからだろう。

「……妹は、その……」

吉郎は無理矢理に言葉を絞り出す。

「妹の病気には、研究するだけの価値があるんですか……？」

「それは、どういう意味の質問ですか？」

「だから——金はどこから出るんだろうって疑問ですよ。今まで僕が出してきただけの金を、どこから捻出《ねんしゅつ》するんですか。ここは公立病院じゃない。予算は自前のはずです——保険も利かない患者の医療を、ただでやってやるっていうんなら、どこかで得をする奴がいなきゃおかしい——それは誰なんですか。妹になんの価値があるんです？」

それは彼がいつも仕事で使っているような論理であった。金がどこから流れて、どこに行って、誰が得をして、損を誰に押しつけるのか——それを把握した上で、できる限りごまかすのが上手《じょうず》な取引というものだった。経済原理こそ社会の道理であり、こういう話をして通用しない場所はほとんどない。

だがこれに対しても、医師はまったく動じる様子もなく、

「それは、あなたが知らなくてもいいことです」

と、微笑みを一切崩さずに言った。異議申し立てをまったく受け付けなくてもいい圧倒的強者の眼だった。

4

「…………」

次の面会のときまでに結論を出してください、と言われて、吉郎は沈痛な気持ちのまま病院から外に出た。

行きと同じように、帰りも徒歩である。やけに舗装が綺麗《きれい》な広い道を、ふらふらと下っていく。

「…………」

ぼんやりと足を進めていたせいで、注意力が散漫になっていた。

だから広い癖に白線がなく、歩道と車道の境目《さかいめ》がないその道路の真ん中を歩いていて、曲がり角にさしかかったところで、いきなり目の前に巨大な影が出現し、迫ってきたのにも反応することができなかった。

車が突っ込んできたのだ。

「……あ」

立ちすくんだまま、その場から動けなかった。車の方は彼に気づいて、慌てて急ブレーキを掛けて、ハンドルを切って避けようとした——だが吉郎の位置があまりにも道路の真ん中過ぎて、その回避コースはほとんど〝直角〟になってしまった。

その速度で、距離で、その角度を曲がりきれる一般車はない。車は耐えきれず、横転した。

完全にひっくり返ってしまったところで、ガードレールにぶつかり、そこで停止した。エンジンが掛かったままで、獣の唸《うな》り声のような音を周囲に響かせている……。

「……ああ」

事故、だった——その瞬間に吉郎が思ったことは〝この事故だと、保険はどれくらいかかるんだろうか〟という、他人事《ひとごと》のようなひどく俗っぽい発想だった——だがすぐに、ことの重大さに気づいて、背筋が凍りついた。

（ど、どうしよう——）

彼に怪我《けが》はない。相手に落ち度はなく——すべては彼の責任になってしまう。

「あ、あの——」

意味のない声を上げながら、彼は逆《さか》さまの車の方へ近寄っていった。だが、その足は途中で停まった。

がちゃっ——と逆になっている車の、そのドアがいきなり開いたのだった。それはあまりにも自然な、普段通りの開き方であった。中から聞こえるかちゃかちゃという音は、どうやらシートベルトを外していたらしい。

そして、そこから一人の男が出てきた。焦って這《は》い出してきたのでなく、なんだか普通に車から降りるときのような、落ち着いた動作であった。

手足の長い男で、背がやけに高い。

すっ、と何事もなかったかのように立ち上がり、吉郎の方に顔を向けた。

「――ひっ」

と思わず声を上げてしまったのは、その男の額《ひたい》から血が流れているから、ではなかった。

そこに、なんの表情もなかったからだった。怒っている気配も、痛がっている様子すらない。無表情で、ただガラス玉のような眼が吉郎のことを見つめている。そして男は、あろうことか吉郎に向かって、

「大丈夫ですか?」

と、完全に立場が反対のはずのことを訊いてきた。

「え、ええ――」

思わず、そう返事をしてしまう。すると男はうなずいて、

「そうですか。それは良かった。こういう場合、ショックで心停止や呼吸困難に陥《おちい》る人もいますからね」

と、機械が朗読しているみたいな声で淡々と言った。そして懐《ふところ》に手を入れて、一枚の名刺を取り出した。

「しかしもし、後で息苦しいなどの反応が見られた場合はこちらに連絡してください」

そう言って差し出してきたそれには『サーカム財団特別監査局第七種業務処理執行部専任調査員』という長ったらしい肩書きの後に『千条雅人《せんじょうまさと》』という名前が書かれていた。

(サーカム……)

その名前は知っている。それは外資系の保険会社

の名だ。ここでは財団と記されているから、その関連企業をまとめている上部組織の所属なのだろう……ある意味では、同業者、といえるのだろうか……。

「え、えと……」

吉郎は名刺と本人を、交互に見た。なんだか変な感じがする。この男にとってはこんな名刺の肩書きなど、なんの意味もないような気がした。

千条というその背の高い男は、そんな吉郎にまったく変化のない視線をただ向け続けていたが、

「もう、よろしいでしょうか？」

と突然言った。吉郎は思わず、はい、とうなずいてしまった。すると千条はくるりと背を向けて、逆さまになっている車に手を掛けて、出てきたときに開けたドアを外から閉めた。

そして、二、三度揺するように押したかと思うと次の瞬間、車はごろん、とひとりでに転がるようにして元の状態に戻ってしまった。反動とか重心の移動といったものを利用したようだったが、それでも一人の腕力だけで車一台をひっくり返してしまったことになる……。

「…………」

口をぽかん、と開けてしまっている吉郎のことなどまったく一瞥《いちべつ》もせずに、千条はまたドアを開けて、車に乗り込んだ。車体に傷が付いてしまったことにはまったく関心がないようだ。その補償をしろとかいう話など、する素振りも見せない。吉郎の無事を確認したらそれで充分だという感じで、素性さえ知ろうとしない——。

「あ、あの！　あなたはその——病院の関係者ですか？」

思わずそう質問してしまった。この道を通る者など、それ以外には考えられないからだ。すると千条は、

「いいえ。私は患者です」

と変わらぬ感情のない声で言うと、ドアを閉めて

車を発進させて、行ってしまった。

「…………」

吉郎は唖然《あぜん》として、その場に立ちすくんでいた。

……患者？

あれが？　そんな馬鹿な。あんなに頑丈《がんじょう》な病人がいてたまるものか。あんなに人間離れしていて、あれじゃあ、まるで――。

（まるで、ロボットみたいじゃないか――）

吉郎はふと、そんなことを思った。するとそのとき、彼の胸元で携帯電話が着信を告げた。

仕事先からだった。彼は半ば茫然としたまま、

「はい――」

と電話に出た。すると向こうで、かすかに息を吸い込む気配がして、

〝諸三谷さん、あんた今、どこにいる？〟

と訊かれた。

「は？　え、えと――」

この場所について、他人にうまく説明できる気がしない。山の中の病院からの帰り道です、といっても誰もよくわからないだろう。

「い、今は私用で出ていまして……」

〝すぐにこっちに来てくれないか。緊急に〟

有無《うむ》を言わせぬ口調だった。

＊

……話は少し前に戻る。


（波多野ステラが死んだ――）

催事場のスタッフたちは、目の前で起きた出来事が信じられなかった。昨日まで、いや今の今までぴんぴんしていたはずの人間が、もう動かない――。

「……ど、どうしましょう？」

「いや、どう、って……」

誰しもが茫然としていて、とっさの反応ができなくなっていた、そのときだった。

「――とにかく、警察に連絡しなさい」

当たり前の言葉が聞こえた。若い女性の声だった。

しかしその当然の言葉に、その場にいた全員がぎょっ、と凍りついてしまった。

「ひっ――！」

と悲鳴を上げる者もいた。腰を抜かしてしまう者もいた。

その声を発したのは、スタッフの後ろからやって来た人物だった。別に、その人物だけを見ると変なことはない。しかしその場では、それはあり得ない異常な人物だった。

華麗なオーラを四方にばらまいているようなその女性は、その顔は、床の上で崩れ落ちて動かなくなっている人物と、そっくりの顔をしているのだった。

ふうっ、と彼女は深いため息をついて、

「幽霊でもないし、幻覚でもない――単純な話よ」

と周囲の者を見回しながら言った。

「双子よ」

え、と他の者たちの顔がいっせいに緩《ゆる》んだ。彼女はうなずいて、

「こいつはイーミア――私の姉よ」

新進の女性工芸家にしてトポロスの制作者、波多野ステラはそう言うと、忌々《いまいま》しげに首を左右に振った。そして、

「まったく――面倒な話になりそうだわ」

何もない空間を睨みながら、呟いた。

CUT/2.
Yosio
Moromiya

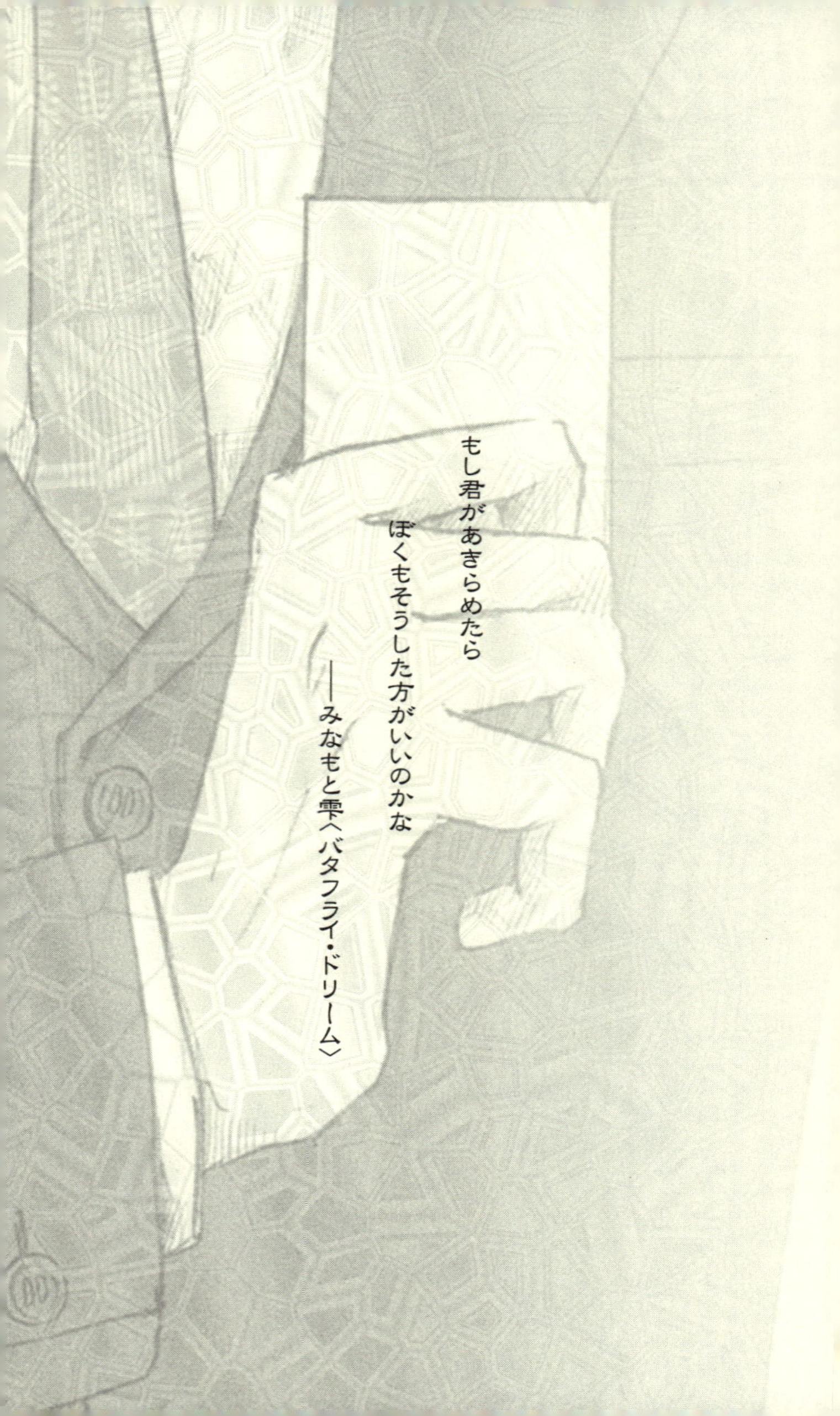

もし君があきらめたら
ぼくもそうした方がいいのかな
——みなもと雫〈バタフライ・ドリーム〉

1

警察署の中にあるその一室の空気は、やけに乾燥していた。

(唇が、乾くな……)

諸三谷吉郎がそんなことをぼんやりと考えていると、目の前に座っている刑事がやや苛立ったような声で、

「それで？　あくまでもあなたこんな時間にあの催事場に行ったのは、たまたま時間が空《あ》いたからであって、他にはなんの意味もないと、こう言うんですか」

と詰問《きつもん》してきた。吉郎はもう何度目になるかわからないが、はい、とさっきとまったく同じ調子でうなずいた。

「他の理由は何かないんですか。書類を届けに行ったとか、連絡事項があったとか」

「いや、別にないです。現場を覗《のぞ》いておこう、ってことぐらいで……まあ挨拶がてら、って感じで」

「そのあなたの言う〝現場〟というのは、仕事上どうしても行かなければならないところなんですかね？　あなたがいないと皆は動けない、とか？」

「私は保険屋ですから……契約がまとまれば、後は当事者の方にお任せします」

「つまり、あなたはもういらなかった、ということですか」

「いらないって――」

ずいぶんと失礼な言われ方のような気がする。しかし刑事の方はむっとした吉郎になどおかまいなしで、

「あなたは、行かなくてもいい時間に、行かなくてもいい現場にわざわざ行ったんですか。責任者も、客もいないような時間に」

と訊いてきた。

「いや、客はいましたよ」

吉郎はすこし抗弁するような言い方をした。彼はあの場所で飴屋という変な人物に会っているので、素直な言葉でもあった。

しかしその発言を聞いたとたんに、刑事の目つきが急に鋭くなり、

「ほう。客はいた、と」

と言った。吉郎は気づかなかったが、その態度は相手からさらなる確認を引き出すためのものであった。

「はい。話をしましたしね」

「話をした？　その客と、ですか」

「ええ。なんか作家みたいな仕事をしている人らしくて、数学がどうしたとか、色々と難しい話を」

「なるほどなるほど――」

刑事は彼の話に、何度もうなずいた。空気が少しゆるんだような感じがしたので、吉郎は逆に、

「あの、刑事さん。そもそもこれってどういう事件なんでしょうか？」

と質問した。

「私は急に呼び出されて、それでこうして質問をされているわけですが――人がお亡くなりになったんですよね？　僕があの催事場から出ていったすぐ後に」

「ええ、そうです」

「それは誰なんですか。なんだか皆の話が混乱していて――最初はステラ先生が亡くなられたのかと思ったんですが、なんだか違うみたいで」

「ええ。死んだのは波多野イーミアというハーフの女性で、波多野ステラの双子の姉だそうです。もう何年も会っていなかったのに、いきなりあの場所にやってきたらしい」

「どうして倒れたんですか？」

「よくわからないんですよ。今調べていますので。でも心臓発作ではないかと思われます。外傷は一切ないので」

「お身体が悪かったんでしょうかね？」

「さあ、どうなんでしょう」

「みんなが見ている前で倒れたんですよね？」

「そうです。不審死であっても状況はわかっている。現場検証も進めています」

「現場検証？　じゃあ今、あそこは閉鎖しているんですか？」

吉郎は焦った。

「そうですが、それがなにか？」

「いや……そうなるとその分の時間は損害扱いになって、保険金の支払い対象になるなと思って――」

「それは仕方のないことでしょう」

「そりゃそうですが……」

保険会社としてはできるだけ支払いは避けたい。吉郎の個人会社は代理店であり、本社である保険会社からとにかく支出は避けろと言われる立場にあるのだから。評価が下がると仕事が減る可能性もある……と考えて、そして、はっ、となった。

仕事が減っても、もう関係ないかも知れない。妹の治療費を払う必要がなくなれば、そんなにムキになって仕事をしてもしょうがない……。

（――馬鹿な。今はそんなことを考えている場合じゃ……）

と思うのだが、しかしいったん考え始めてしまうと、頭の中がそのことで一杯になってしまった。

「それで、あなたは保険契約の段階で波多野ステラとも何度か会っていますよね」

刑事は吉郎の動揺を無視して質問を重ねてきた。

「え？」

何を言われたのかわからなかった。相手の声が耳に入っていない。

「波多野ステラに対して、どんな印象を持ちましたか」

刑事は吉郎の返事を待たずに、さらに訊いてくる。

「どんな、と言われても。ああいう風に、華《はな》やかな方だなあ、って……でも、そう言えば――」

＊

二ヶ月前、展覧会の準備が始められたときにはじめて会った際に、波多野ステラはまず吉郎に向かって、ひとつの質問をしてきた。

「あなた、これをどう思う？」

トポロスをひとつ手に取って、彼女はそう訊いてきた。

「どう、と言いますと？」

「正直に言っていいのよ。変なものだとは思わない？」

「ええと——」

吉郎は困惑した。しかし相手はこれから評価が高まりそうな美術品を、世界で一人だけ創れるという芸術家である。もし売買やその際に交わされるはずの保険契約に関われれば、これは大変な利益が見込める。何よりも保険屋として箔《はく》が付く。機嫌を損ねるようなことは言えない。

「たいへんに、その神秘的ですね？」

するとステラは、ふふん、と鼻先で笑った。彼女は両肩の出ているドレスを着ていた。この宿泊しているホテルでの部屋着らしいが、それにしてはやけに高価そうだった。彼女の肩にはかなり筋肉がついている。ガラス工芸家は重たい素材と道具を扱う仕事だからだ。そして、それを隠さないであえて見せている。一流のテニスプレイヤーのような身体だった。

「そいつは感想じゃないわ。ただ言葉尻を取られたくないだけの、くだらないコピー文だわ。あなたの意見じゃないわね——どう思う、って訊いてるのよ、私は。神秘じゃなんにもわかんないわ」

二人きりの部屋の中で、他になだめてくれる人もいない状況下で挑発的な言われ方をされる。仕方ないので、吉郎は、

「でも、神秘的ですよ——わからないのは否定しま

せんけど、僕ごときが一言で言えるようなものではないのは確かです」

　と返した。こういうときには言ったことをすぐに撤回してはいけない、と交渉術のマニュアルにも書いてあった。相手を馬鹿にしているような印象を与えてしまうからだ、と。

　しかしステラはそんな彼の考えを見通しているようで、

「お利口《りこう》さんねえ――」

　と小馬鹿にしたような口調で言った。そして、

「じゃあこう訊くわ。あなた、これが欲しい？」

　と言われた。吉郎は目をぱちぱちさせてしまった。

「そんな――とても手が届きませんよ。今オークションにかけたら、百万単位からのスタートになるでしょうから――」

「値段の話をしてるんじゃないわ。気持ちの話をしてるのよ。欲しいと思うだけならタダだわ。どうなの、欲しいの？」

「そりゃあ――」

「こんな見る角度によって違って見えたり、影が別の形になったりするものは、気持ちが悪いとは思わないの？」

　自分の創ったものなのに、ひどいことを言う。

「いや、そんな馬鹿な。それはありませんよ。誰だってそんな風には思わないでしょう」

　吉郎が慌て気味にそう言うと、ステラは、

「そう？」

　と訊き返してきた。ええ、と吉郎がうなずくと、彼女は、

「でも、私は正直、気持ち悪いんだけどね――」

　と言った。

「え？」

　とまどっている彼に、彼女は薄笑いを浮かべて、

「いや、よくある芸術家の、魂の叫びは綺麗事じゃないとかというような、高尚《こうしょう》っぽく見せたいため

の韜晦《とうかい》じゃなくてね――ほんとうに気味が悪いのよ。なんでこんな風になるんだか、とか思うわ。熱したガラスをひねりながら、いつもそう思ってるわ」

と、どこか投げやりな口調で話す。

「は、はあ――」

どう返答していいのか、まったく見当がつかない。機嫌を損ねて怒られているのか、からかわれているのかもわからない。

「みんなは何を思って、トポロスに高い値段をつけるのかしらね。あなた専門家でしょ、教えてくれない?」

「いや、僕は保険契約の設定が仕事でして、美術品の鑑定はできませんよ」

「でも、盗まれたり壊れたりしたら、代わりに払う金額を決めるんでしょう? それは価値を知ってるってことだわ」

「そんなことはありませんよ。僕は専門家がつけた値段を元にして――」

「評論家とギャンブラー、どっちが本気かしら」

いきなり訳のわからないことを、彼女は言う。

「は?」

「生命保険っていうのはさ、要は賭けるわけでしょ? その人間が、期限以内に死ぬかどうか、って。保険に入れたはいいけど、ろくに掛け金を払わない内に死なれたら大損だわ。でも渋ってばかりいたら、誰も保険に入ってくれない。だからその〝レート〟の設定は慎重にやらなきゃならない。違うかしら? だったらこれは賭博と同じだわ。本気度でいうなら、自分で金を出すわけでもない鑑定家よりもずっとあなたの方が、トポロスの価値を考えているはずでしょ。だから、それを教えてよ」

よく口がまわる。頭のいい女であるのは間違いないようだが、人によっては鼻持ちならない奴だと思うだろう。しかし吉郎はそういう判断はしない。顧客に対して彼は好意も悪意も持たないようにしているのだ。

「ええと、あなたが思っておられるほどの知恵は私にはありませんが――少なくとも大勢の人間が、トポロスに価値を見出しているのは確かです。私の判断にはその事実だけで充分でして」

曖昧《あいまい》に、でも素直にそう言ったら、ステラは笑った。笑い方が悦に入っていて、優雅な印象がある。

「つまりあなたは欲しくないってわけね。正直なのはいいことだわ。さすがに時雄の推薦だけはあるわね」

その名前がさらりと出てきたので、吉郎はぎょっとした。

東澱時雄。

それは東澱グループと呼ばれる総合企業のトップとして知られる男だった。まだ若く、吉郎と歳はほとんど変わらない。東澱久既雄《くきお》という一代で財を成した伝説的な実業家を祖父に持ち、その跡《あと》を継ぐと目されている男である。

そして、吉郎のもっとも太い顧客でもある……もっと言うならば、時雄の裏金を保険の掛け金として預かって、わざと問題を起こし、それを補償すると称して彼に返すという、マネーロンダリングの手先になっているのだ。これは保険会社もぐるである。

ただし発覚した際には、担当代理店である吉郎が全責任を負わされることになるのだろうが、今のところその兆《きざ》しはない。

そしてその時雄から、このトポロス関連の保険も担当しろと命じられたので、彼はここにいるのだった。これは裏金洗浄とは無関係の、まともな保険であるが。

(やっぱり……このステラさんは時雄様の、その――)

愛人ではないか、という噂が一部で流れているのだ。もっとも時雄は独身なので、恋人という方がいいかも知れない。しかし彼がこの女性と結婚することはありそうもないので、やはり愛人ということになるのだろうか。

「なに考えているか、わかるわよ」

ステラにそう言われて、吉郎は青くなった。しかしステラの方は平然としたもので、

「時雄はトポロスには全然興味がないみたい。その辺はあなたと一緒よ」

関係者が誰も呼び捨てにできない男を、ファーストネームで馴《な》れ馴れしく呼んでいる。

「は、はあ……」

「なんとなく似てるわ、あなたたち。友だちなんでしょ？」

「ま、まさかそんな、とんでもありません。畏《おそ》れ多いことです――」

吉郎が動揺しながらそう言うと、ステラはまた笑って、

「面白いわよね、時雄の周《まわ》りの人たちって。なんだかお殿様を相手にする家来みたいな口の利き方をするんだから」

と軽い口調で言った。冗談のつもりらしいが、吉郎は笑えない。時雄は実際に、殿様どころか将軍のような立場にいる人間であり、彼の意向ひとつで吉郎の首など簡単に飛んでしまうからだ。

「あいつ、変わってんのよね――知ってる？　自分の住んでるマンションの家賃を、あいつってばオーナーの癖に自分の会社にわざわざ払ってんのよ。借家なのよ。他にもっといい客がいたらそいつに売るってさ。自分の持ち物じゃないの。車も船もみんなそう。服もリースだって言ってた。自分の物っていうものがないのよ。何も欲しくないんじゃないかしら」

吉郎のとまどいなどおかまいなしで、ステラはぺらぺらと時雄のことを喋《しゃべ》り続ける。

「で、でも、それらの会社自体を所有されていますからね――ぜんぶ時雄様のものですよ、結局」

焦ってそうフォローしても、ステラは聞く耳を持たず、ニヤニヤしながら、

「あなたも、欲しいものがないってクチじゃないの?」

と言った。言われて吉郎はぎょっとした。

「そ、そんなことは――ありませんよ……」

「そう?　そうかしら?」

ステラは彼のことを遠慮のない眼で見つめてくる。

「あなたとか時雄みたいなタイプは、よく知ってるわ。真面目《まじめ》一辺倒みたいだけど、実はそれってぜんぶ〝言い訳〟ってね――ほんとうは憎くて憎くて仕方のないことがあって、そいつに負けたくないだけ。悔《くや》しいだけなのよ」

決めつけ口調で、知ったようなことを言う。

「――――」

吉郎は絶句してしまった。するとステラは「ふふっ」と微笑んで、

「ほんと、イーミアと同じタイプだわ」

と言った。

＊

「……イーミアさんという方のことを、負けず嫌いだとかなんとか、そんな風に言っていました」

今思えば、あれは双子の姉のことを言っていたのだ。

「ほほう、そんな話をどちらで?」

刑事がさりげなくそう訊いたので、吉郎はつい、

「あれは、ホテルで――」

と言ってしまってから、はっと思った。なんだか誤解されそうな言葉になってしまった。

「ああ、いやホテルと言っても、ステラさんは今、ホテル住まいですから、そこに私が契約のご確認に伺《うかが》ったということでして」

刑事の方はそんな話には無反応であった。気にしたのはまったく別のことだった。

「ではあなたは、波多野ステラに姉妹がいたことを

前から知っていたということですね」

「え?」

断定口調で言われて、吉郎は虚をつかれてぽかん、とした顔になってしまった。

「いや、そうではなくて——」

と説明しようとしたところで、その部屋にノックも無しでいきなり別の者が入ってきた。

「あの、ちょっと」

と吉郎と話していた刑事を呼んで、何やら耳打ちした。

「ほう、そうか」

話を聞いたその刑事は、吉郎の方に戻ってきたときには表情が変わっていた。その険《けわ》しい顔を見て、吉郎はぎょっとした。

「あんた、嘘ついてるな?」

いきなりそう言われた。

「ええ?」

「あんたはその時間に、妹の面会に病院に行っていたと言っていたが——今確認させたところ、そこは研究所で、病院ではないそうだ」

「い、いやちょっと待ってください。それは——」

あわてて説明しようとしたら、刑事は突然大声を出した。

「そもそも、あんた以外の人間は全員、他の客なんかいなかったと言ってるんだよ! 受付の人間も、警備の人間も全員が、だ! どうしてあんただけが、その数学の先生とやらと会うことができたんだ! ええ!」

吉郎は怒鳴られて、身を竦《すく》ませてしまった。

「え——」

誰もいなかった? いったいなんのことだ?

(だって僕は確かに、アメヤとかいうあの人と話をして——)

あんな目立つ男のことを、他の者が気づかないなんてことがあるんだろうか?

刑事は茫然としている吉郎に向かって、

「あんたは、波多野イーミアの死にも何か関係しているんじゃないのか？」

と強い調子で言われた。

「え、ええ……？」

頭の中がぐるぐると回っていた。まったく身に覚えがない、どころの騒ぎではない。彼からしたら、すべてが理不尽としか思えなかった。

正しいことしか言っていないのに、それがすべて嘘だということになっていて、しかもそのせいで、どうやら彼は……。

（え、ええ……？）

混乱して言葉が出てこない吉郎を、刑事が睨みつけながら、

「どうやら、じっくりと話を聞かせてもらう必要がありそうだな——しばらく勾留《こうりゅう》するだけの充分な理由があるようだ」

と言った。完全に容疑者を見る眼になっていた。

2

——結局それから一日中、吉郎は何人もの刑事たちに次から次へと尋問され続けた。どうも波多野イーミアの身体から違法な薬物が検出されたらしく、その筋の取引にも関与しているんじゃないか、という質問が途中から加わってきて、さらに混乱は増すばかりだった。

そして夜になり、何も話さないままの吉郎に痺《しび》れを切らした警察は、彼を留置場の檻《おり》の中に入れてしまった。

「…………」

それでも吉郎は、ただ茫然として鉄格子を見つめ続けるだけだった。

何がどうなったのかわからない。しかしあきらかに、何かがおかしかった。

（どういうことだ……誰かが僕を罠《わな》に陥《おとしい》れたのか

……しかしそれにしては、なんで僕とはほとんど縁のないはずの波多野ステラの姉なんかを……）

そういうことも思うし、あるいは、

（時雄様に切り捨てられたのか？　でもそれだったら、警察沙汰《ざた》になんかしないはずだ……）

とも思う。そして何よりも、もっとも心に浮かぶのは、

（あの研究所——警察はあの研究所に連絡したんだろうか。ふつうはするはずだ。それなのに、あそこは僕のことを証言しなかったのか？　なんで？）

ということだった。これが何よりも不自然なことだった。

（まさかあの施設は、真琴を自分たちのものにするために、僕を犯罪者に仕立てるつもりなのか——保護者としての資格を奪うために……）

考えすぎだ、とは思う。しかしその疑念が他のどんな想念よりも強烈に、彼の頭の中を掻《か》き乱す。

（駄目だ。こんなところにいては駄目だ——病院に真琴を好き勝手されてたまるか。あいつには僕が必要なんだ——そうとも、あいつは僕が守ってやらなきゃ駄目なんだ——）

ふらふら、と立ち上がる。そして鉄格子を摑んで、揺すぶる。

そして叫ぶ。

「出してくれ！　出してくれ！　これは違う、違うんだよ！　僕は嘘をついていないんだ。間違っているのはみんなの方なんだよ！」

必死に叫ぶが、返事はない。通路の方には監視カメラらしきものがついていて、彼の様子を観察しているが、それでも誰もやってこない。

「ううう……」

喉から嗚咽《おえつ》が漏れだし、その場に崩れ落ちた。

そうして無為《むい》のまま、数時間が過ぎていった。

床の上にへたりこんだままだったので、身体のあちこちが痛み出し、それで彼はもぞもぞと動いた。

するとそのとき、どこかで扉が開く音がした。

はっ、となって顔を上げた彼のところに、足音が近づいてきた。誰が来たにせよ、今度はきちんと説明しなければ、と決意した。筋道を立てて話をすれば、きっとわかってくれるはずだから、と信じて。

しかし現れた人物を見て、吉郎はぽかん、と口を丸くしてしまって、言葉が出てこなかった。

そこにいるのは女性だった。彼は一度も会ったことのない女だった。だが顔は知っている。こいつには注意しろ、と時雄の弁護士にさんざん言われている、若く、まだ女子大生だというその女性の名を知っていた。

「……ああ、わたくしのことは知っているみたいね」

その若い女性は、静かな声でそう言った。見るからにお嬢様、という雰囲気を漂《ただよ》わせているが、それにしては眼差しに迫力がありすぎた。他人を威圧する眼光を放っていた。

「ひ、東澱奈緒瀬——」

時雄の妹にして、彼と東澱グループの後継者の座を争っている敵対者《ライバル》が、そこに立っているのだった。

「さて——まず言っておくと」

奈緒瀬は吉郎の眼をまっすぐに見据《みす》えてきた。

「あなたをここに入れるように命じたのは、わたくし」

あっさりとそう言った。

「な——」

「でも誤解しないでいただきたいのは、別にあなたを陥れるつもりではないということです」

「…………」

「罪をでっち上げた訳でもない。わたくしがあなたのことを知ったのは、この事件が起きてからなのだから。ただしその際に、あなたには疑わしい傾向があると警察に進言させていただいたのは確かですけど」

吉郎は最初の取り調べの時に、刑事に耳打ちした者がいたのを想い出した。それを聞いたとたんに刑事の反応が一変した——あれがそうだったのだ。東澱一族は、警察内部に大きな影響力を持つという。そして、最高権力者の久既雄翁《おう》の次にそういう力を持っているのが、その直系の孫娘であるこの奈緒瀬だという——自ら警備会社まで興《おこ》している奈緒瀬は、こと〝荒事《あらごと》〟に関しては争いを避けるのを最優先にする長兄の時雄よりも上手《うわて》だと噂されている。

奈緒瀬は吉郎に向かって、うっすらと微笑を浮かべてみせた。

「疑わしいのは嘘ではないでしょう？　後ろ暗いことは、実際にやっていらっしゃるのだから」

「……わ、私はその」

「ああ、いや——別にわたくしは、あなたに訊きたいことなど何もないのです。ぜんぶ知っていますから」

奈緒瀬は軽い口調で言ってから、笑いを消して、

「それに第一、わたくしはあなたの敵ではないのだから。むしろその逆で、あなたを守ろうというのです」

と言った。

「え——」

「この件は明らかに不自然なところがある。その底はまだわからないけど、あなたは穴の中に落ちてしまった。言うなればあなたには〝ケチがついて〟しまった——そういう人間を、兄が嫌うのは確実です」

そう言われて、びくっ、と吉郎の身体が引きつった。

「おわかりのようですね——あなたは兄にとっては今や、処分したい対象になっているのです。ここから出たら、どうなるかわかりませんよ」

奈緒瀬は淡々と喋っているが、その内容はというと〝自分の兄は人を謀殺する〟というものなのだ。それが当然という態度である。ありふれたことだ、とでもいうように。

この目の前の若い女子大生は、彼などよりも遥《はる》かに厳しい修羅場《しゅらば》を知っているのだということを、吉郎は痛感する。ここでは未熟で世間知らずな若造は、彼の方なのだ。

「で、でも私は——」

言いかけても、奈緒瀬はぴしゃりと、

「言い訳などしても仕方がないでしょう。あなたも兄が、失敗した者の弁解をわざわざ聞いてやる人間かどうか、よくご存じのはず」

と相手の発言を遮《さえぎ》るように言った。そして彼女はうなずいてみせて、

「しばらくはここに入っていた方がいいですよ、諸三谷吉郎さん。その方があなたのためです。少なくともこの件が片づくまで」

と宣告した。吉郎はそれでも叫んだ。

「でも私は、こんなところにいられないんです！　妹が病気で入院しているんです——だから——」

そう言いかけたが、奈緒瀬はもうそのときには彼から背を向けて、立ち去ろうとしているところだった。彼女の用件は済んだのだ。おそらくは吉郎の顔を直《じか》に見て、その重要度を確認したかったに違いない。そして——それは大したことがない、と判断されたのだ。もう彼女は、彼に用がない。

「妹さんが大切なら、なおさらじっとしていることです。あなたが下手《へた》に騒ぐことは、決してプラスになりませんから。入院しているのなら医師に任せることです」

突き放すようにそう言って、奈緒瀬は去って行ってしまった。

「待ってください！　待って——」

必死で呼びかけたが、もう足音は戻ってこなかった。

3

「——あーっ……まいったわね——」

そう呟いて、波多野ステラは吸い込んだ煙草の煙を、ふーっ、と吐き出した。

「あの、波多野さん——ここは禁煙でして」

撤去作業に立ち会っているデパートの課長がおずおずとそう言ってきたので、ステラは無言で携帯灰皿に突っ込んで消す。

すでにトポロスは、ここ催事場から運び出されるために梱包《こんぽう》されつつあった。

展覧会はあの騒ぎで、即日中止が決定された。もともと入場料も取らず、売買の場でもなかったので、収益は最初から関係なかったのだが、それでもイメージ的には大損害という結果にしかならないだろう。

展覧会で双子の姉が変死した美人のアーティスト、などというゴシップはマスコミの大好物である。ステラはそれまでは知る人ぞ知る、というような存在であったが、今では日本中の人間が彼女のことをニュースで観て、知っていた。

「諸三谷さんはどうしたのよ。保険はどこまでおりるのか、その話をしないと」

ステラが横のスタッフに訊くと、彼女は困ったような顔をして、

「諸三谷さんは、担当から外れたそうです」

と言ったので、ステラはぽかん、とした。

「……なんで？」

「いや、まだ警察の取り調べを受けてて——」

「どういうこと？　あの人、関係ないじゃない。身内の私だって少し話しただけで、大して調べられてないのに」

「そんなこと言われても、私も知りませんよ」

スタッフは逃げるようにして梱包作業の方に戻ってしまう。ステラは眉をひそめて、

「なんだか——嫌な感じね」

と呟いて、また煙草に火を付けた。

ざわざわと騒がしい。催事場の外には、マスコミが群れを成して彼女を待ち受けているのだ。それだ

けではなく、野次馬も多い。

（ほらね、馬鹿みたいでしょ――どうせこうなるのよ、イーミア。あんたはとんだ死に損よ）

心の中でそう囁《ささや》いて、不機嫌な顔で煙草をふかす。

「誰の心にも、届いてやしない……ただ気味が悪いだけ――」

そう呟いた。誰にも聞こえないほどの、小さな小さな、かすかな声だった。

他の者たちが働いている中、彼女はそうやってぼーっとしているだけである。

その内に、入り口の警備をしている者がひとりやってきて、

「あの、ステラ先生――あなたに会いたいという人が来ていますが」

と告げた。

「記者会見なら、後でするって言ったでしょ」

「いえ、マスコミではなく――サーカム財団の者だと言っています」

「サーカム？」

その名を聞いて、ステラは表情を変えた。やや厳しい顔になっている。

「そいつって、第七部門のヤツ？」

「名刺を預かっています。これです」

警備員に渡された名刺を見て、ステラの顔がさらに険しくなる。

「――伊佐俊一？　聞いたことのない名前だけど……」

ステラはしばらく名刺を睨んでいたが、やがて、

「そいつは今、どこにいるの」

と訊ねた。警備員が「まだ入り口のところに――」と言いかけたところで、もうステラはそっちの方に歩き出していた。

「ああ、ステラ先生――まだマスコミが……」

と注意されてもおかまいなしで、ステラは大勢の人々が待ち受ける入り口前に姿をさらした。警備員

が立ち、立入禁止のロープが張られている前には人がひしめいていた。

たちまちフラッシュが焚《た》かれまくり、彼女の見栄《みば》えのする身体を白い光が塗りつぶす。だがステラはそんなことにはまったく反応せず、人々を正面から眺め回した。

「あの波多野さん、お姉さんの死は何が原因なんですか？」

「波多野さんは最近お姉さんと接点があったのですか？」

「波多野さんが個人的に親しいっていう実業家の方と、この件はなにか関係があるんですか？」

たちまちマイクが向けられ、質問責めにされるが、それにも彼女は一切答えず、

「ああ……あなたね？」

と人々の中から、一人の男を見つけだして声を掛けた。

言われた男は、細身ながらがっしりとした体格をしていて、薄い色のサングラスを掛けていた。強面《こわもて》で、見た目かなり迫力がある。

「あなた——私に話があるんですって？」

ステラがそう言うと、サングラスの男は、

「いきなりで、申し訳ないが」

と彼女を見つめ返しながら言った。これが伊佐俊一と波多野ステラの初対面の光景だった。

＊

（この女——ずいぶんと身構えている。自信たっぷりなように見せかけているが、誰に対しても少しも気を緩めていない）

それが、伊佐が波多野ステラに対して感じた第一印象だった。

彼女に連れられて、伊佐はデパートの奥にある応接室に連れて来られた。途中で職員らしき者たちに、ちょっと、とか制されていたが、まったく聞く

耳を持たずにそのまま押し通してしまったのだ。彼女は文句を言わせないオーラのようなものを自然に出している、とみんな思っているのだろうが、伊佐にはそれが巧《たく》みな計算と呼吸の間合いを読んでいる結果だということがわかった。

「さて——サーカムの調査員《オプ》さん」

二人きりになったところで、ステラはさっそく話を切りだしてきた。

「あなた、上の許可とか取っていないわね？」

「どうしてそう思う？」

「あなたが私を知らないようだから、よ。新入りさん」

彼女はやや挑発的な態度である。では遠慮もいるまい、と伊佐の方もぶしつけな感じで、

「あんたがサーカムの関係者かどうかは、とりあえず俺には関係ない。俺が知りたいのは別のことだ」

と挑むように言った。どうやら立場は相手の方が上だと見て、かえって退《ひ》かない意志を固めたのである。

「トポロスのことかしら？」

「ペイパーカットのことだ」

伊佐はまったく躊躇《ちゅうちょ》なく、その単語を口にした。

するとステラは、ああ、とかるく呻《うめ》いて、

「ずいぶんと勇敢な人が入ってきたものね……それともまだ経験が足りないのかしら？」

「勇敢でもないし、経験も確かにないさ。だがペイパーカットのことを、あんたが俺以上に知っているとも思わない」

「まあね、それはそうでしょうね。誰にもわからないんだから、その点では大差ないわ」

「あんたはトポロスを創って、なんらかの実験をしているということなのか？　その中に〝予告状〟を仕込んだりして」

ずばりそう訊いてみると、ステラはぽかん、とした顔になり、

「なんの話？」

と逆に訊き返してきた。

「あんたの知り合いの東澱時雄が、トポロスのひとつを精密分析に掛けた結果、内側にペイパーカットが遺《のこ》していく、あの文章と同じものが刻み込まれているのがわかったんだよ」

伊佐がそう説明すると、彼女は顔をしかめて、

「時雄が？　あの人、いつの間にそんなことを……」

と言いつつ、首を左右に振って、

「でも残念だけど、それは私じゃないわ。たぶんそいつを創ったのは、イーミアの方よ。出来が悪かったんじゃない？　私のと比べて」

「なんだと？」

伊佐は眉をひそめる。

「トポロスは、あんただけが創れるものじゃなかったのか？」

「別に、私はそんなことを自慢したことは一度もないわよ。ただ他のヤツらができないとか言ってるだけで、製法自体は他のガラス工芸家のやってることと大差ないわ。ただ、その出来上がりの形をイメージするのが面倒ってことでしょうね——そして、トポロスを最初に創ったのも私じゃなくて、イーミアの方だったわ。でも私よりも手先が器用じゃなかったから、芸術的じゃなかったけど——でも彼女はただ、研究の一環として創ってみただけだったから、そんなこと気にもしなかったけどね」

「どういうことだ？」

「伊佐って言ったわね——あなた、サーカムにどうやって入ったのかしら？　就職試験でも受けたのかしら？　違うでしょ？」

ステラはやや憮然《ぶぜん》とした顔で、伊佐のことを睨むように見つめてきた。

「イーミアは、つまりはあなたの先輩よ」

「……なんだと？」

伊佐はその言葉の意味を、一瞬理解できなかった。彼は元警官なので、警察関係者なのかとも思っ

た。だがそうではない。そんなことではない……この場合の先輩というのは、それは……。

「そう――私の姉、波多野イーミアはサーカム財団に、ペイパーカットを狩り立てるよう命じられていた、あなたの先代にあたるハンターだったのよ」

ステラは静かにそう告げた。

4

沈黙が落ちた。

二人とも無言だったが、やがて先に口を開いたのは伊佐の方だった。

「――あんたは、イーミアという人は、ヤツに殺されたのだと思うのか」

その問いに、ステラは首を横に振る。

「いいえ。彼女の死は、言ってみれば病死よ。身体も心も弱り切っていた。そこで無理をして外に出てきて、それで死に至った――それだけでしょうね」

「弱っていたのか？」

「ぼろぼろだったわ。不安に押し潰《つぶ》されそうになっていたのを薬でごまかし続けていたせいで、すっかり中毒になってしまって、とうとう施設に入れられてしまったんだけど――どうやらそこからも逃げ出してしまったみたいね」

その言い方は、突き放したように冷ややかである。実の姉に対するものとも思えない。

「……しかし、不審死であるのは間違いない。なんでヤツの仕業《しわざ》でないと断言できる？ ヤツに関係するところ、かならず人死《ひとじ》にがでるんだぞ」

伊佐の口調には、明らかな怒りが伴っていた。それを認めて、ステラは口元に薄い笑みを浮かべた。

「あなたも、ペイパーカットを殺してやりたいと思っているの？ 憎いのかしら」

問われて、伊佐は即答しなかった。しかしステラから眼を逸らしもしない。やがて彼は言った。

「あんたは――イーミアさんがそう思っていた、と考えている訳か」

「……どういう意味？」

「いや――確かにあんたは部外者だな、と思っただけだ。ペイパーカットのなんたるかを、全然知らないようだ。憎いとか腹が立つとかですませられるような、そんなものじゃないってことを。イーミアさんの意志をまるで理解していない」

その言葉に、ステラはやや険しい顔になり、

「知ったようなことを言うわね――あなたにイーミアの何がわかるの？」

と怒りを露《あら》わにした。

「あの娘《こ》があんな風にやつれていって、眼を血走らせて、何度も何度も倒れながら、それでもやり続けていた、あの執念を見てもいない癖に、あの彼女の怒りを、あの憎しみを知りもしないで――そんな綺麗事みたいなことを言われたくないわよ！」

立ち上がっていた。身体が小刻みに震えていた。

「…………」

伊佐はしかし、まったく動揺する素振りもなく、

「あんたは、今回の件で予告状は見ていないんだな？」

と、これまでの話を既に片づいたものとして、次の確認事項に入ってしまった。

「ヤツが現れたかどうか、現時点ではわからないと――しかし訊くべき人間はまだ残っているな」

「え？」

ステラはその言葉に、急に水を掛けられたような顔になる。

「――あなた、私に会いに来た訳じゃないの？」

「あんたがヤツを見ているかどうかは知りたかったが、それが第一の目的じゃない。しかし〝彼〟の方は、まだ警察に捕まっているということだったから、今は無理だ」

伊佐がそう言うと、ステラの表情が引きつった。

「諸三谷さん？　なんであの人を気にするの？」

「イーミアさんが衰弱死だというあんたの見解に逆

ら う理由はない——身近な人間の意見だしな。だが諸三谷吉郎という人間には、ある傾向が見られるはずだ——それを確認したい」

「傾向?」

「ペイパーカットが何を目的として、人の生命を狩り集めているのかはわからないが……その中にはある種の傾向が見られる、と俺は考えている。ヤツがいうところの〝生命と同じだけの価値のあるもの〟がなんなのか、俺たちにはわからないが——しかし、それがはっきりしているような人間というのは、確かにいる」

「————」

「人生の目的がはっきりしていて、そのために生きている人間——殉教者のように、そのためなら生命も投げ出せるという覚悟のある人間の眼は、他のものにはない光を放っている。そして諸三谷吉郎は、おそらくはそういうタイプの人間だ」

「どうしてそんなことが言えるの?」

「証拠はない。写真を見ただけだからな——しかし俺は、前にそういう人間を見ている。そいつと同じような眼をしていると感じたんだ。俺としては、それだけで動く理由にはなる」

伊佐は確信に満ちた口調で話している。ステラはそんな彼に訊く。

「その人というのは、どうなったの? あなたとはどういう関係だったの」

「そいつは俺を殺そうとして、そしてヤツに殺された」

「————」

その声も静かなものだった。

「なんでなのかはわからない——だがヤツは、そういう風にある種〝とがった〟生き方をしている人間に興味を持つ傾向がある、と思っている。だから——」

伊佐が言いかけたところで、外の廊下の方から大きな足音とざわめきが響いてきた。

伊佐が、む、と眉をひそめたとき、ステラが「あーあ」と嘆息するような声を出して、

「残念だったわね。時間切れよ」

と言った。

それと同時に応接室のドアが乱暴に開いて、そこから男たちが二人入ってきた。その内の一人を見て、伊佐は驚愕した。ひょろっと細長い身体つきで、どこか焦点のあっていないような眼をしたその男は、紛《まぎ》れもなく、

「せ——千条？」

いつもならば共に事件にあたっている、伊佐の相棒であるはずの千条雅人がそこにいた。千条は冷たい眼で彼を見おろしつつ、

「伊佐、君は今、サーカム財団から保証されている以上の越権行為に及んでいる。ただちにこの面会を中止するんだ」

と言い放った。

「な、なんだと？」

「この件に君は関わるな、ということだよ。伊佐」

千条の声は機械的だった。

＊

（ど、どうなっているんだ——）

吉郎は牢獄の中で、途方に暮れていた。

（時雄様が僕を始末しようとしているって——でもそれはあの奈緒瀬という女が言ってるだけで——）

何も信じられない。しかし彼がこんなところにいてはならないことだけははっきりしている。

（病院に任せろ、って——でも真琴には僕しか家族がいないんだ。僕がいなきゃ、真琴はどうなるかわからない。第一、あの病院はなんだか——）

ふいに、あの病院に続く道で自動車事故を起こしながら、何事もなかったかのように走り去った男のことを想い出す。

（あの千条って人は——あれはおかしかった。人間

的なものが全然なかった。そしてあの人は、あの病院の〝患者〟だと言っていて――）

あの病院で治療を受け続けるということは、最終的にはあんな風になる――ということではないのか。人間なのに、まるでロボットみたいな顔しかできない、痛みはおろか、喜びも哀しみも、感情も何も感じられないようになってしまうのではないか
――それは妄想というには、あまりにも生々《なまなま》しい実感だった。

「うう……！」

鉄格子を摑んで強く揺するが、軋《きし》む音さえしない。手がひたすらに痛くなるばかりだ。せめて静かにしろ、と警官が来てくれれば話もできるが、さっきからいくら怒鳴っても、誰一人やってこない。

彼は暗がりの中、一人で取り残されていた。

「ううう……！」

なんとかしなければならない。だが何もしようがない。

「行かなきゃならないんだ、行かなきゃ――」

ここで行かなければ、今まで守ってきたものがすべて、無意味になってしまう――それでは彼は、なんのために生きてきたというのか。

どうにもならない壁に阻《はば》まれるために、それだけのために人生があったというのか。そんな理不尽があってたまるものか――どうすればいいのか、何を犠牲にすれば、どういう取引をすれば、ここから出ることができるのか、何を差し出せば、この状況を
――と彼が考えた、そのときだった。

「――己《おのれ》の生命よりも大切なものがある、と君は思うかい？」

声が聞こえた。

はっとなって顔を上げると、そこには信じられないものが立っていた。

銀色の髪をして、覗き込むような眼で彼のことを

見つめてくる、その男には当然、見覚えがあった。

「な――」

どういうことなのか、と思った。さっきの奈緒瀬は警察と裏でつながっているから、ここに入ってきてもおかしくはない。しかしこいつは、この男は――

「あ、アメヤ……さん……？」

この男はここに来られるはずがないのだ。どう見ても警察関係者ではないし、それにもしこの男が何らかの犯罪者だとしたら、警察のただ中に入ってくることなどありえない。誰かに捕まるはずではないか。それなのに……ごく自然に、平然とした様子で、まるで百年前からそこにいるような顔をして、立っている……。

「君は今、たいへんに絶望している」

飴屋は静かな声で言った。

「だがその絶望の深さは、君の生命力の裏返しでもある。あがこうという意志の表れだ。その流れがどこに行き着くのか、私はそれを見てみたい――」

そしてうなずいて、囁くように言う。

「ここから出たいかい？」

「え……？」

「出たいのならば、出ればいいんだ。何者も君を止めてはいない――その檻だって」

と飴屋が指先を伸ばしてきて、鉄格子を摑んでいる吉郎の手に触れた。

そのとたんに、ふいに手の痛みが消えた。鉄格子を握りしめていた手に掛かっていた負荷が消えたのだった。

きい、と軋む音がして、そして鉄格子が開いていた。

「え……」

「すべては君の意志次第だ。道を閉ざすのも、開くのも――君自身が、君の門番なんだ」

飴屋の声は、不思議な響きがあった。目の前に立っているのに、その声は吉郎の耳元――いや、頭の中で響いているように聞こえるのだった。

「…………」

CUT/3.
Hatano
Sisters

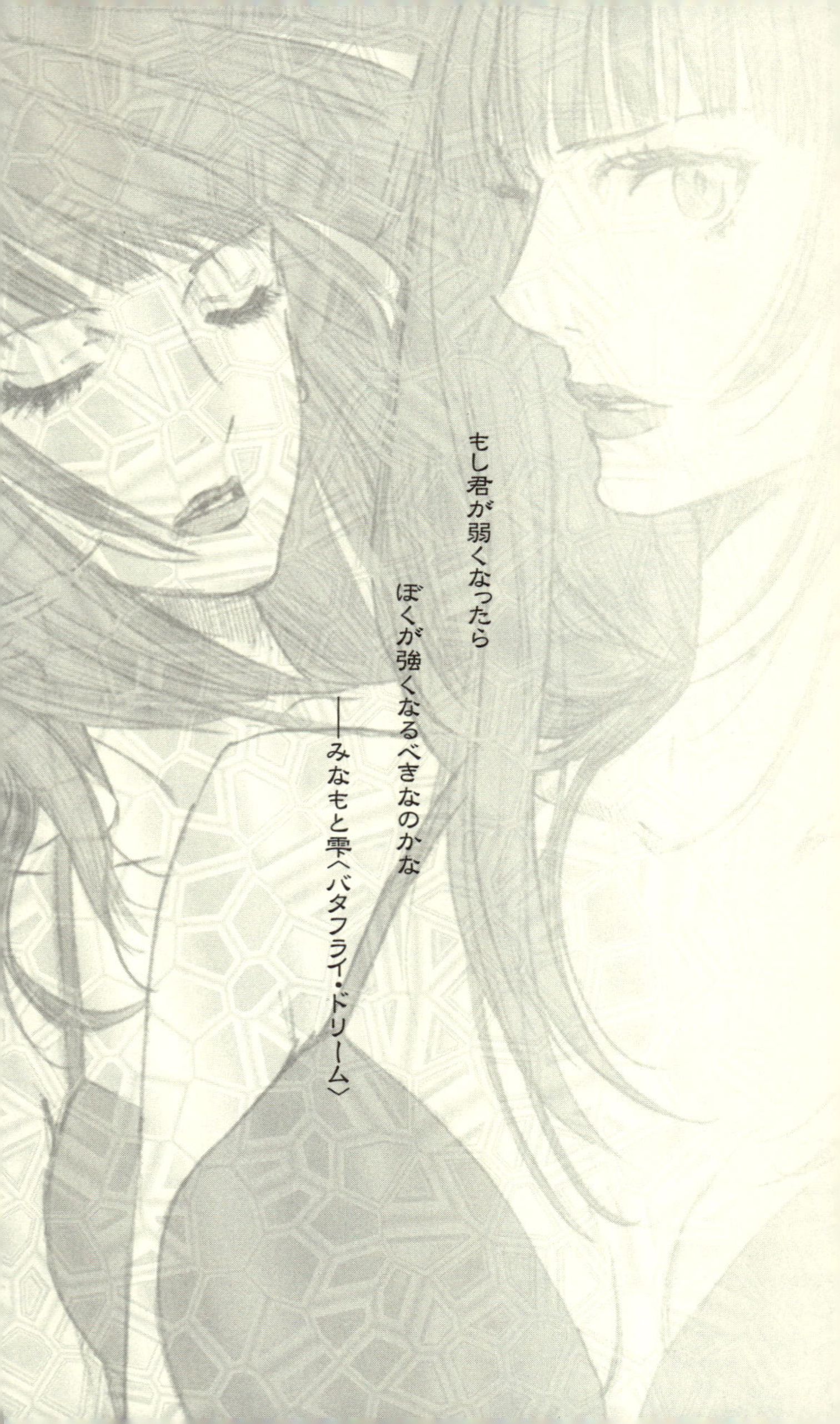

もし君が弱くなったら
ぼくが強くなるべきなのかな
――みなもと雫〈バタフライ・ドリーム〉

1

東澱グループ——。

そう呼ばれてはいるが、しかしその名前そのものは一切の公式資料には登場しない。東澱という名前のついた企業そのものも、東澱マルチサービスであるとか、東澱警備保障とか、東澱総合貿易などいくつか存在しているが、それはその一族が思いのままにできる権力の内の一パーセントに満たない規模でしかない。株主になっていることもあるが、そうでないことも多い。書類上、法律上はまったくの無関係としか思えないのに、完全に支配しているその構造は、たとえるならば電化製品とコンセントのようなものである。企業という電化製品がどんなに性能がよくても、電源につながっていなければ動くことができない——そのコンセントが東澱なのだ。

コンセントの方は電化製品の内実を問わないが、製品の方はコンセントの規格に合わせなければ何もできない——東澱の支配はそういう形で歴然と、しかしまったく陰に隠れる形で存在している。

そのグループの中で、現時点で実質ナンバー2の地位にいる一族直系の長子、東澱時雄はその日、東澱マルチサービスという会社が所有しているビジネスビルの中の、他人名義で貸しているオフィスの片隅に腰を下ろしていた。

「…………」

時雄は、特徴に欠ける男だった。

まだ若いのに、莫大《ばくだい》な資産を自由にできる男なのだが、そういうオーラは特に出ていない。背丈も高くもなく、低くもない。痩せている方ではあるだろうが、シェイプアップされた身体という印象もない。押しつけがましいところが一切ないのが、個性と言えば個性だった。ほとんどの人間が彼を見て、とりたてて好感も抱かないが悪い印象も持たないだろう。彼の妹は、彼のことを〝とにかく優等生〟という表現で他人に説明する。

「…………」

時雄は口数は多くない。部下に偉そうに説教したり、建前《たてまえ》臭いだけの訓示を垂れたりすることは皆無だ。だから今も、部下が報告する内容を黙って聞いているだけだ。

「……波多野イーミアが薬物中毒更生者の施設から脱走したのは、死亡した三日前のことだそうです。それ以後の足取りは不明で、いきなりトポロス展示場に姿を見せたということです――」

報告しているのは漆原《うるしばら》沙貴《さき》というスーツ姿の美しい女性で、一見すると秘書のようだが、実は彼女はマルチサービス社の副社長という役職に就《つ》いている。いわば時雄の片腕である。

彼女の表情には緊張がある。

「デパート内でうろついているのを目撃した者もおらず、どうやら目立たない場所のエレベーターでその階に直行したようです。つまり精神状態は混濁《こんだく》していなかったものと思われ――」

言葉の途中で、話していた沙貴は不安になって、ちら、と時雄の方を見た。

時雄はその言葉を聞いているのかいないのか、手元の資料に目を落としている。そして沙貴の報告が少し途切れたのを確認してから、

「その薬物中毒更生施設とやらは、患者と誰でも面会できるのかな」

と質問してきた。

「は、はい――一応、職員が面会希望者の氏名と目的を確認するようですが、特に厳重に管理はしていなかったようです。来客名簿はあると思いますが、取り寄せますか？」

「いや、時間の無駄だろう」

素っ気なく言って、また別の資料をめくり始める。なんで今の質問をされたのか、沙貴にはまるでわからない。しかし彼はいちいち部下にあれこれと教えてはくれないのだった。

「あの、波多野ステラさんには連絡しなくてよろしいのですか？　かなり時間が経ってしまいましたが――」

「なぜそう思う？」

時雄は逆にそう訊いてきたので、沙貴はさらにとまどってしまい、

「いや――それは……」

と口ごもってしまう。ステラは時雄の恋人ではないのか。その上あの展覧会は、名前こそ表に出ていないが、時雄が金を出しているのだ。それなのにまったく対応しないで、今のところ放ったらかしなのである。

「……マスコミの一部が、波多野さんの個人的な知り合いを調べ出していますし、万が一にでも時雄様の名前が出ると、色々と面倒なことになると思いますが――」

「ああ――そういうのは、御前《ごぜん》はお嫌いだろうしな。だがそれほどのことでもあるまい。藪《やぶ》をつつく真似はしないでおこう」

淡々と時雄は言う。御前、というのは彼の祖父の久既雄翁のことで、時雄は他人の前だと決して、その人物のことを家族のようには呼ばない。奈緒瀬が〝お爺様〟と呼んでつながりを強調する傾向にあるのとは対照的だ。

「――裏から手を回すこともできますすが」

「ステラはしっかりしている。そうそうボロは出すまい。君と同じようにな、漆原くん」

誉《ほ》められたようなことを言われても、沙貴はちっとも素直には受け取れない。時雄の本音がどこにあるのか、他人にはさっぱりわからないのだ。

「それより、壬敦にトポロスの資料を渡した後で、あいつはちゃんとサーカムの人間に接触したんだろうな？」

突然にそう言われた。沙貴は、自分が関与していないことだったので、

「いえ――壬敦様のことは、私どもではわかりかね

ます」

と言うしかない。すると時雄はくすくすと笑って、

「あいつは〝壬敦様〟なんて呼ばれるのは嫌がるからな。君たちのことは敬遠するだろうな」

と言った。なんだか楽しげである。

（やはり、時雄様が心を許しているのは、弟である壬敦様だけのようだな――少なくとも、妹の奈緒瀬様に接するのとは、態度がまるで違う）

沙貴がそんなことを考えていると、時雄はまた淡々とした表情に戻って、

「では当面の問題は、やはり諸三谷くんのことか」

と言った。その名前がやっと出てきたので、沙貴は気を引き締めた。

「はい。諸三谷吉郎ですが、どうやら彼が逮捕されたのは奈緒瀬様の手引きによるもののようです」

「あいつはきっと、自分が東澱の名を守っている、とでも考えているんだろう――私が馬鹿なことをしないように、と」

「しかし――諸三谷吉郎は我々にとっては面倒な存在です。奈緒瀬様の方に押さえられるのは、望ましいことではありません」

「警察関係はあいつのテリトリーだ。手を出しても無駄だろう。勢力の取り合いなどしたら、それこそ御前の不興《ふきょう》を買うことになりかねない」

「ですが、もしも諸三谷が警察に余計な供述をしたりすれば、それこそトラブルの元になりかねません。ここは早めに手を打つべきだと思われます」

沙貴がそう言うと、時雄は書類から眼を上げた。

そして静かな声で、

「何をした？」

と訊いてきた。沙貴はぎょっとした。彼女が絶句しているところに、さらに彼は、

「君が〝何々すべき〟というような言葉を使うときは、もう手を打った後だ。そうだろう――」

と言った。沙貴は青い顔になり、口を開こうとす

るが、言葉が出てこない。

　時雄はうなずいて、

「具体的な報告がないということは、部隊を出したけで、まだ行動には移っていないな」

　と言った。

「……は、はい。警察署を見張らせています。手出しはさせていませんが、奈緒瀬様の手の者を監視しなければなりませんので……これは」

「やむなき処置、か？　まあいいだろう――中途半端ではあるが」

　時雄は沙貴から眼を外して、ふたたび資料に視線を移した。

　そこにはトポロスの写真が載《の》っている。そのオブジェを見ながら、時雄は、

「――ペイパーカット、か」

　と呟いた。

「何をそんなに大騒ぎしているんだか。サーカムも、奈緒瀬も――殺されるときは、殺されるだけだろうに……」

　その声は小さかったので、沙貴には聞き取れなかった。

「は？　なんでしょうか？」

　問われても時雄は答えず、

「波多野イーミアの死因は、確かに衰弱死なのかな？」

　と話を変えてしまう。

「え？　いや、警察の検死結果はまだ確定していないと思いますが――」

「ステラが殺したんじゃあるまいな」

　真顔でそう言ったので、沙貴はぎょっとした。だが時雄は平然としたまま、

「ステラだったら、もっと目立たないように殺すかな。そうだな――」

　と独《ひと》り言《ごと》を言った。

「あいつは姉の話なんかこれまで全然しなかったのに、殺すときだけ派手というのは、印象がずれるし

な」

「――あ、あの」

「やはり今は、待ちの場面だな……」

時雄はなにかを納得したようにうなずく。目の前の沙貴に説明する気はないらしい。

「……それで時雄様、奈緒瀬様への対応ですが。如何《いか》いたしましょう？」

沙貴は、それだけは指示を受けなければならないことを訊《たず》ねた。彼女が勝手に、東澱一族の者に対して行動することはできないのだ。

「そうだな――奈緒瀬は今回、少し邪魔か」

時雄は静かな口調を崩さない。

「排除しよう。この件からあいつに関わる者を追い出せ」

きっぱりと断言したので、沙貴はやや意表を突かれた。時雄は大抵《たいてい》の場合、断定することを避けるのだ。だが今は、ためらいのない口調である。

「……となると、正面からぶつかってしまうことになりますが……よろしいので？」

「ああ。その方が好都合だろう」

何がどう都合がいいのかは言わずに時雄はまた、一人でうなずいている。

「――わかりました」

沙貴の方は、命令されたのでもう余計な質問はせずに、さっそく行動に移ろうとした。するとそのとき、彼女の携帯電話が着信を告げた。

あわてて部屋の外に出て、取ろうとしたところで時雄が、

「ここで出ろ」

といきなり言った。驚いたが、しかし命じられては従うしかない。沙貴は、

「――なに？」

とその部下からの通話に出た。だが少しの後にはその顔色がみるみる変わる。

「なんですって……？　どういうことよ？」

焦る彼女に、時雄が、

「例の、警察署を見張っている者からか?」

と質問してきた。その通りだったのでうなずいて、

「――諸三谷吉郎が、警察署から出てきたそうです。でもなんだか様子がおかしくて、脱走してきたのかも知れない、と……」

そう告げた。

ふむ、と時雄はかすかに眉を動かしただけだった。

2

吉郎は、何が起こっているのか理解できなかった。

「私の後についてくればいい――」

飴屋はそう言って、警察署の中を歩き出した。

それは不思議な光景だった。

人は大勢いる。廊下にも、階段にも、拳銃を所持した警官たちがうろうろしている。

それなのに、彼らは飴屋のことを見ない。

飴屋の後ろの吉郎のことも見ない。

飴屋が足を進めると、彼らは自然にその前を開けていく。

誰も彼がそこにいることに気づいていないのに、彼のことを避けていく。

(なんだ、これ……?)

吉郎は茫然としつつ、飴屋の後ろを辿《たど》って行くしかない。

「彼らは――」

飴屋の口から出る言葉は、相変わらず彼の方からは聞こえない。

「我々を〝いないもの〟と同じものだと感じている。だから見えない」

それは吉郎の心の中から聞こえてくるようなのだった。

「みんな、計算している――これは何と同じなの

か、何が数が多いのか、何が自分よりも強いのか、弱いのか――つねに試算し続けている」

　飴屋の停まらない足取り、それは高いところから低いところへ流れる水のように自然で淀《よど》みがない。

「計算するには、数値化しなければならない。リンゴとトマトが何個あるのか、数えてからでないと足し算はできない――人はいつでも、心の中で世界のあらゆるもの、その優劣を比べて、それぞれの感覚で数値化している」

　吉郎はその水の流れの上に乗っている木の葉のように、ただ従うことしかできない。

「自分なりに〝これこれは、こんなもんだ〟と考えて、その勘定《かんじょう》で己の取るべき行動を決めていく――だから、計算から外れるものが出てきても、それを認識できない。自分の感覚で計算できないものは、すべてが〝余り〟だ――だから、彼らは我々が見えない。君のなにがなんでも、外に出なければならないという意志など、他の者たちには存在しないのと同じこと――数えられる価値がないものだと思っている。だから――」

　飴屋は、吉郎に背を向けたまま、静かに言う。

「――見えない。それに価値があると信じているのは、君だけだからだ」

「ぼ、僕だけ……」

　吉郎はぼんやりと放心状態になりながらも、飴屋の後をついていく。

　そして気づいたときには、彼は警察署の玄関から、ふらふらと外に出ていた。

（あ――？）

　吉郎はそこで、やっと我に返ったように事の重大さに気づいた。

　自分はいったい、何をしているのか？

　これは深刻な法律違反にあたるのではないか。よく知らないが、とんでもない重罪に問われてしまうのではないか――？

　彼は後ろを振り向いて、警察の様子を確認しようとした。

すると——玄関の近くにいた警官がひとり、驚愕の表情で彼の方を見ていた。

「な——なんだ、おまえは……!?」

見つかった、と思って焦ったが、しかしその警官は、彼のことを見ているのではなかった。

その前に立っている、飴屋のことを恐怖の眼差しで見つめているのだった。

それは尋常ではない眼だった。まるで人間ではなく、すでに死んでしまったはずの人間を、亡霊を見てしまったような、そんな眼をしていた。

「え——」

飴屋のことを、彼も見た。すると飴屋は吉郎のことを、じっ、と見つめ返しながら、

「——迷ってしまったようだね」

と言った。なんだかその声は、やけに遠くに聞こえた。すぐ側《そば》にいるのに、その間に壁でも挟まってしまったかのような、かすかな声しか聞こえない。

「え?」

「君が信じなければ、道は開けないんだ——こうなっては、人々の中から可能性を見つけだすより他ない。君にそれができるかな?」

飴屋はそう言うと、ちらっ、と警官の方を見た。

すると警官は、うわあああっ、と絶叫して、そしていきなり腰の拳銃を引き抜いて、撃った。まるで悪夢を振り払いたいとでもいうような、発作的な行動だった。

「————っ!?」

吉郎は仰天《ぎょうてん》して、思わずその場から走って、逃げた。

ぱんぱん、という銃声がさらに背中越しに響いてきた。そして人々のざわめきが大きくなっていく。

飴屋は、後から来なかった。

「ああ、ああ——?」

走りながら、吉郎はどうしよう、と混乱の極みにあった。

すると彼の横から一台の車がやって来て、少し前方の道に横付けして停まった。

扉が開いて、中から数名のいかつい男たちが飛び出してきた。全員、吉郎のことを凄《すご》い目つきで睨みつけてくる。

(――こ、殺される……?)

そう感じて、あわててまた別方向に逃げた。

「待て!」

男たちはそう怒鳴りながら、さらに追ってくる。

道を曲がり、路地に入り、とにかく遠くへ逃げようとする――するとさっきのとは別の車が吉郎を追い抜いて、いきなり曲がって停車して、その行く手を塞《ふさ》いだ。

「――――っ!」

方向を変えようとして、足下が滑《すべ》った。彼は無様《ぶざま》に転倒して、路面にしたたかに腰を打ち付けてしまった。

車の扉が開いた。


そこから、ひとりの人物が顔を覗かせる。しかしそれは、意外なことにまだ年若い少女で、

「大丈夫ですか?」

と心配そうに訊いてきた。続いて、

「あいつらが来ます、早く乗ってください!」

と急《せ》かされた。何がなんだかわからないままに、吉郎は焦りながらもその車に乗り込んだ。

車は急発進し、後方から追ってきていた男たちをみるみる引き離す。

「もう安心だ」

車を運転しているのは、もうかなり年輩の痩せた男性であった。この老人と少女と、車には二人しか乗っていなかった。今の殺気立った男たちとはかなり差がある。

「あ――あなた方は……?」

吉郎はそう訊ねた。すると少女が彼のことを見つめながら、

「私たちは、東澱時雄さんに協力している者です」

と言った。

3

「千条——？」

伊佐は目の前に現れた、相棒であるはずの男に驚きを隠せなかった。

千条の方はそんな相手に対して、まったく無感情で、

「君は会うべきではない人物と面会し、得るべきでない情報を得ようとしている。これはサーカム財団が認めていない行為のひとつだ。ただちに中止して、僕らと共に来るんだ」

と言いながら、座っていた伊佐の腕を摑んで、有無を言わせぬ調子で立ち上がらせる。

「あんたさぁ——」

波多野ステラが、うんざり、という顔で入ってきた千条と、もう一人のサーカム財団の男を睨むように見た。

「エチケットってもんがあるんじゃない？　そっちの伊佐さんは、いちおうは〝面会したい〟って申し出てから来たわよ。あんた、いきなり過ぎ」

そう言われても、千条の方は平然としたまま、

「波多野さんにおかれましては、僕らの権限よりも上位にいるとのことですから、あなたが伊佐からどんな情報を得ようと、あなたの自由です」

と言った。まるで原稿を読み上げるアナウンサーのような口調である。少なくとも〝上〟の者に対する口の利き方ではない。

「ですが、こちらはそれを禁止していますので、ご理解くださいとのことです」

それを確認して、ステラはちょっと嫌な顔になり、サーカム財団の男に向かって、

「これで第二段階なの？　もっと進歩してるかと思ったんだけど」

と奇妙なことを訊いた。彼女は千条の変な態度の

性質を知っているようである。しかしサーカムの男は何も言えません、とでもいうかのように無言である。

「おい、千条――」

伊佐は相棒に、容赦《ようしゃ》なく引っ立てられながら、

「待て、まだ話が残って――」

と抗議しようとしたが、千条の方はなんのためらいもなく、伊佐を部屋から外に出してしまった。そしてサーカムの男も出ていき、ドアを閉めようとする。

そのとき、ひとり残されたステラの耳に、伊佐の声が聞こえた。

「――波多野さん、すまなかった。だが……」

その途中で声が、ばたん、とドアが閉められる音で途切れる。続いて足音が遠ざかっていった。

ステラは、ふうっ、と吐息をついた。

「なーんで、最後にあやまるかね……微妙に似てるじゃないのよ――」

そして彼女は顔に手をやって、少しうなだれた。

「……会ったこともないはずなのに、ただ同じような仕事をしているってだけなのに――なんか、心を受け継いでるみたいな感じになってるのは、どうなのかしら――イーミア……」

その口元は、わずかに微笑んでいるが細《こま》かく震えてもいた。

そのとき、遠慮がちに展示会のスタッフがやってきて「あのう――」と声を掛けてきた。

「今の人たちはいったいなんなんですか？　ステラ先生は知っているから、と言ったので通してしまったんですが――」

と訊きかけて、そこで彼女は口をつぐんでしまった。

ステラの頬が濡れていることに気づいたからだ。

(先生――泣いて……)

姉の死体を目の前にしても、まったく取り乱すことのなかった彼女が今になって、どうして――と焦

りかけたところで、ステラが、

「——ああ、ちょうどいいわ」

と言った。

「すぐに記者会見やるから、そういう風に伝えて」

「は？」

「泣いているうちにやっといた方が、たぶんイメージ的に悪くないと思うから——あとで涙をわざわざ出すのはメンドくさいしね」

と、ふてぶてしいことを言いながら顔を上げた彼女は、だらだらと涙が流れ落ちていて、こらえる気もないようだった。

唇がぴくぴく震えていた。

＊

「離せ——自分でついていく」

伊佐が不機嫌そうにそう言ったが、千条は聞く耳を持たずに、腕を摑んだまま彼を地下の駐車場まで引きずるように連れていった。

そして車の中に彼を押し込むと、自分は駐車場に立って、そして動かない。車に乗らない。

運転席にはサーカムの構成員が乗り込んだ。どうやら伊佐と行くのは彼だけで、千条はこの場に残るようだ。

「千条——波多野ステラを監視するのか？」

彼がそう問うと、千条は首を横に振って、

「逆だよ、彼女の指揮下に入るように言われているんだ」

と意外なことを言った。

「サーカムの人間でもないのに、命令を受けるのか？」

訊こうとしたところで運転席の男が低い声で、

「話はそこまでです。出します」

と言って車を出した。

バックミラーに映《うつ》っていた千条の姿はすぐに見えなくなった。

「あんたは——前にも見たことがあるな」

伊佐はハンドルを握る若い男に話しかけた。

「確か、本社の偉いさんの横に立っていなかったか？　通訳か、補佐役か、護衛みたいな感じで」

「………………」

男は返事をしない。

「波多野ステラは、あんたらが来ることを予測していたみたいだったが、断りは入れていなかったんだろう。どういう関係だ？　彼女から頼まれてきたわけでもないのに、どうしてあんなにすぐに、俺が彼女と接触したのがわかったんだ？」

「………………」

「あれか、あのマスコミ連中か——俺はあいつらの前で彼女と接触したからな。あの中にサーカムの手先が混じっていたのか。だとしたら——やっぱり監視しているんだな、波多野ステラを」

「………………」

「あんたは事情を聞いて待機していたのか、それとも緊急で呼び出されただけか？　サーカムには、あんたみたいな〝兵隊〟がどれくらいいるんだろうな」

伊佐がほとんど独り言のように自分の考えを述べていくと、やがて男はぽつりと、

「——気をつけなさい」

と言った。

「あ？」

「あなたは正直すぎる。そう開けっぴろげでは、通用しないこともありますよ」

伊佐とあまり変わらない歳のはずの男は、なんだか老人みたいなものの言い方をした。色々なことを経験してきた重みがあった。

「————」

今度は伊佐の方が少し黙り込んでしまった。しかしやがて彼は、ぽつりと、

「俺は……隠れているものを暴くのが仕事だ。自分が隠していてもしょうがないんだよ」

と言った。

これにも、男の方は返事をしなかった。

車はそのまま、サーカム財団の極東支部のある建物へと走っていく。

4

警察署の前で、ふらふらと外に出てきて、警官の発砲騒ぎに巻き込まれた諸三谷吉郎をまず確保しようとしたのは、東澱時雄の手の者ではなく、妹の奈緒瀬の方だった。

「……どういうことなのよ?」

奈緒瀬は吉郎に警告してやった後でも、ずっと警察署の前に停めてある車の中に、部下たちと共にいた。見張っていたわけだが、彼女が見張っていたのはもっぱら署の外から接近する者であって、まさか中から出てくるとは予想もしなかった。

逃げ出した吉郎を保護する意味もあって部下たちが追いかけたが、吉郎は駆けつけた車に乗っていったと報告を受け、奈緒瀬は直ちに、

「追いかけるわよ!」

と自分が乗っている車の運転手に向かって命じた。

「し、しかしお嬢様……」

「今は、この車しかないわ! 他の者たちを拾っているヒマはない! 早くしろ!」

「わ、わかりました!」

強力な改造が施《ほどこ》されている奈緒瀬の車は、激しいエンジン音を立てて急発進した。

部下たちから報告を受けた車の特徴とその逃走方向から、少しの追跡ですぐにそれらしい相手を見つけることができた。

「あれかも……」

「どうしましょう? 他の者たちも車で続いています。合流するまで待った方がよろしいのでは……」

「それまで見失う訳には行かないわね」

言いながら奈緒瀬は、その車のバックナンバーを双眼鏡で確認して、車内に常時積んでいるノートパソコンで照合した。他の者がいないので自分でやるしかないが、奈緒瀬のこういう作業は実際、かなり早いのでロスはない。

「——駄目だ、適合するナンバーがないわ……偽装されている」

ということは、それなりに組織として整理されている連中である可能性が高い。いったい何者なんだろうか。

(時雄お兄様なら準備できる——でも、あんな慎重なタイプの人間が、警察署から脱走させたりして騒ぎを大きくするかしら……?)

それに——問題はそんなところにないのかも知れない。

奈緒瀬はきちんと警察内部に対して手を打った。もしも諸三谷吉郎が釈放されるように圧力がかかったとしたら、そのことがまず彼女のところに知らされるはずだ。だがそんなものはない——それなのに、吉郎は外に出てきたのだ。誰にも見咎《みとが》められることもなく、ひとりでふらふらと——。

(ひとり——ほんとうに一人だったのかしら、彼は——まさか)

そのことを、奈緒瀬はずっと考えていた。

協力者がいるのではないか。

誰にも見られず、見ても気づかれず、いたのかいなかったのか、後になったら誰もはっきりとは言えないような、そんなとらえどころのない、謎の第三者がここに介入したのではないのか?

(もし——もしもこれがペイパーカット現象なのだとしたら、わたくしが誰よりも早く、それを察したことになる……!)

その考えは彼女を興奮させていた。彼女がこの世の誰よりも尊敬しているのは祖父、東澱久既雄である。その祖父から彼女は〝ペイパーカットはおまえに任せる〟と直《じか》に言われたのだった。

（わたくしが、誰よりも先に……！）

奇妙な話だが、彼女は対立者である兄に対しては、実はほとんど敵意を持っていない。ただビジネス上の問題で〝厄介《やっかい》だな〟としか感じていない。肉親故《ゆえ》の憎しみや複雑な心境というものがない。すぐ上の兄、今は家から出て姓が変わっている次男の早見壬敦に対してはやや屈折した想いを抱いてはいるが、時雄相手にはそれがない。

時雄は、彼女たち三兄妹の中では唯一、祖母の蒔《まき》絵《え》と縁が薄かった男である。そして早くに死んだ父の光成《みつなり》と親しく接していたのも、彼だけである。その辺が奈緒瀬にとっては、家族には違いないのだが、どこかで家族ではないような、そういう気分にさせているのだった。

現在も、彼女がライバルとして意識しているのは同じようにペイパーカットを追いかけているサーカム財団の者たちである。兄に対しては〝変なことをしなければいいのだが〟という危惧《きぐ》こそあれ、あまり出し抜いてやろうという意識はない。極端な話、彼女は祖父にさえ気に入られればいいのだが、兄の方はなんだか、自分なりの地位を築きたいとは思っても、祖父と同じようになりたいという奈緒瀬の欲求とは、ずれたところに目標を置いているようなのだ。

（お兄様は自分の帝国を築けばいいんだわ。わたくしは、お爺様の強さを受け継げれば、その資格があると思っていただければ、それだけでいいのだから──）

そのチャンスが巡ってきている……奈緒瀬は焦りそうになる気持ちを抑《おさ》えるのが難しくなってきていた。

それで注意が散漫になっていた、とは言えないかも知れない。しかし彼女に隙《すき》があったのも事実だった。

諸三谷吉郎の乗っている車を見失うまいと、さらに接近を試みたところで、奈緒瀬の乗った車にいきなり、ごん、という強い衝撃が襲いかかった。

「――――っ!?」

奈緒瀬は膝の上に載せていたパソコンを取り落としてしまった。シートベルトが胸に喰い込んだ。

「――だ、誰だっ!?」

運転手が叫んだので、奈緒瀬は、はっ、と我に返った。後ろから走ってきた車が、後部に追突したのだ。

しかも、奈緒瀬の車が停まらないと見るや、その車はさらに後ろから突っ込んできた。

「くそっ！　敵です！」

運転手が怒鳴る。奈緒瀬はあわてて後ろを振り返った。

黒い遮光《しゃこう》処理が施されたセダンが、彼女たちの後ろから追撃してくるのが見える。ナンバーは――ついていなかった。明らかに改造された襲撃用の車だった。がんがんと容赦なく、連続してぶつけてくる。

「くそっ、位置が悪いです！　なんとか入れ換えないと――」

運転手がそう言ったので、奈緒瀬は焦った。

「駄目よ！　あの諸三谷の車に撒《ま》かれてしまうわ！」

「今はそんなことを言っている場合ではありません！」

運転手はためらいなく、ハンドルを捌《さば》いた後で急ブレーキを掛けた。まさにぶつかってこようとしたセダンはそのまま横をすり抜けて、通り過ぎてしまう。

しかしすぐに反転して、戻ってこようとする。

運転手は迷いなく、アクセルを踏んだ。

そして叫んだ。

「摑まってください！」

奈緒瀬はあわてて、横の手すりを握りしめた。これは衝撃に備える姿勢だった。

車はセダンと正面衝突する――と思いきや、ぎりぎりで横にかわしていた。だがサイドボディがかすって、両方ともが左右に弾《はじ》かれた。

「————っっ！　……っ！」

奈緒瀬は激しく揺すぶられ、舌を噛まないようにするのが精一杯で、悲鳴も上げられなかった。

こっちはなんとか体勢を立て直したが、セダンの方はそれに失敗した。大きく傾いて、そのまま横転した。

道から外れて、下の茂みの方へと落ちていく。

どん、と何かにぶつかる音が響いてきたが、爆発音はなかった。

「——大丈夫ですか、お嬢様？」

運転手が、げほげほと咳き込んでいる奈緒瀬に、心配そうに声を掛けてきた。奈緒瀬の身の安全を第一に考える彼は、追撃者の様子を確認しようとはしない。不用意に外に出て、狙撃でもされたら大変だからである。

「——かはっ、かはっ……うう、くそっ——」

奈緒瀬は青い顔をしながら、恨《うら》めしそうに道路の先を見つめていた。

諸三谷吉郎を乗せた車は、もうどこにも見あたらなくなっていた。

CUT/4.
Harold.
J.Sornton

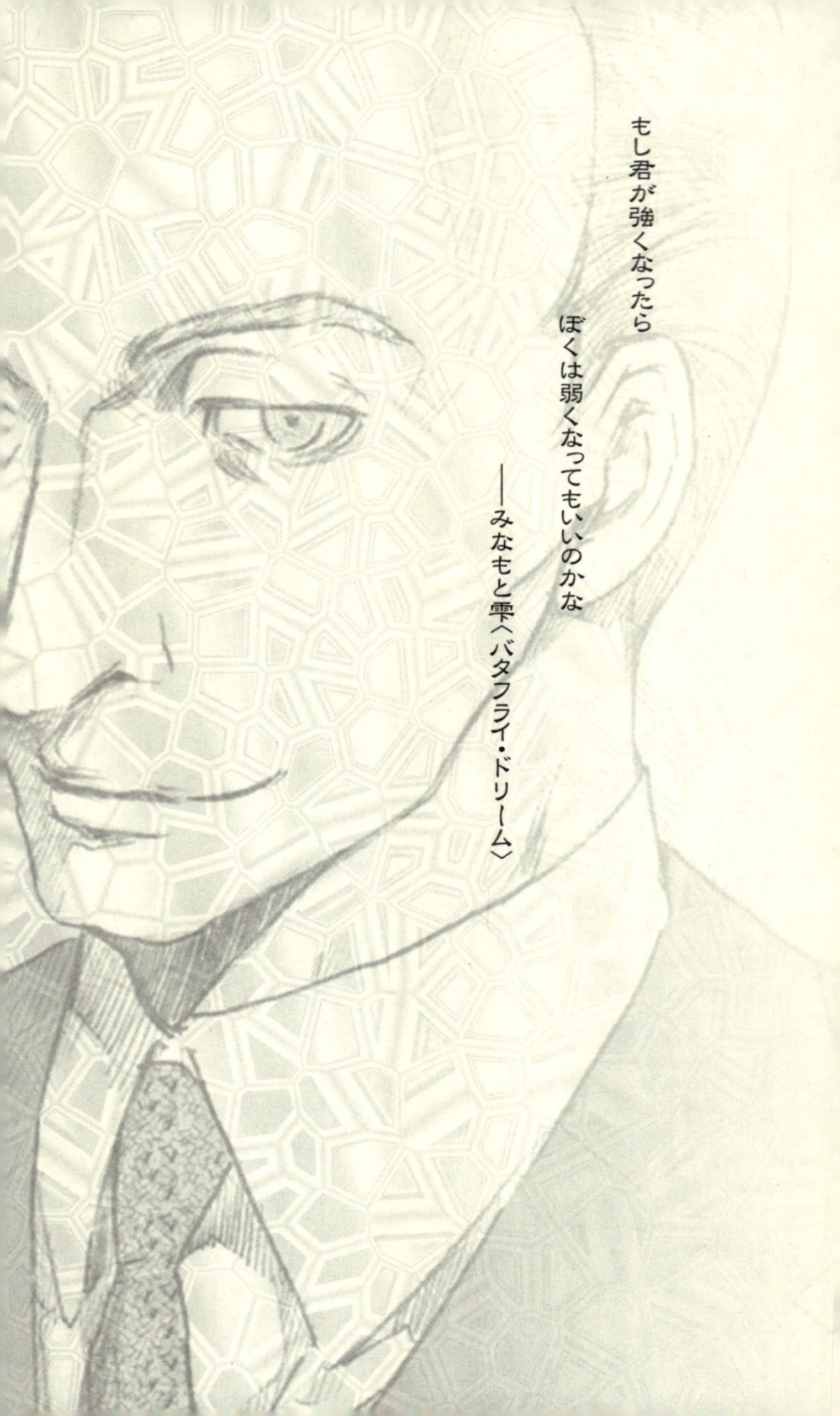

もし君が強くなったら
ぼくは弱くなってもいいのかな
——みなもと雫〈バタフライ・ドリーム〉

1

杉山《すぎやま》と原田《はらだ》。

この二人組のヤクザはこの前、組を破門になったばかりだった。拳銃の密輸を担当していたのだが、そのブツを受け渡す際に相手側に裏切られ、撃ち合いになってしまったのだ。一応、彼らの側が勝利はしたものの、損害は大きく、その責任を取らされる形で組織から追放されてしまったのだ。

「畜生《ちくしょう》、なんで俺たちが詰め腹切らされなきゃならないんだ!」

「兄貴、こうなったら俺たち自身で組織をつくるしかねえよ」

「ああ、そうだな——しかし後ろ盾《だて》がないと、俺たちだけじゃ難しいだろう」

「くそう、コネさえありゃ——」

そんな風に腐っていた彼らに、正体を隠した謎の男たちが接触してきたのはつい先月のことであった。

代理人と称する者が金を持ってきて、ある仕事を引き受けてくれたら、さらに倍を出そうと言ってきたのだ。しかも色々な企業に顔が利くというので、この後の組織設立にも協力しようという、妙にうますぎる話だった。

なにか裏があるのは間違いなく、謀略の片棒を担《かつ》がされるのだろうということは二人にもわかったが、しかし断るには彼らは追い詰められすぎていた。借金がかさんで尻に火がついていたのだ。

「車と武器はこちらで用意する——我々が指示する相手を、それで襲撃してもらいたい」

そう言われてあてがわれたセダン車を見て、二人は驚いた。それに施されている改造が半端《はんぱ》でなく、従って襲う相手というのも洒落《しゃれ》にならない強敵であると察したからだ。

それでも選択肢《し》はなく、彼らはやるしかなかった。それに、手慣れた仕事であるのも確かだった。

……だが結局、今度も失敗してしまった。

「くそう、逃げるぞ！」

横転して動かなくなった車から、二人はほうほうの体《てい》で逃げ出すしかなかった。さいわい、相手は追ってこなかった。

「どうするんだよ、兄貴――」

「と、とにかく連絡しよう――完全にしくじったとも言えねえし」

彼らは渡されていた携帯電話で、代理人の男に連絡を取った。すると、

〝ご苦労だった。君たちの仕事は充分に成功したよ〟

と意外なことを言われた。

「すると、やっぱり俺たちは、あの前を走っていた車を逃がすのが目的だったんだな？」

〝察しがいいね。もちろん相手を倒してくれてもかまわなかったんだが、それは難しいだろうということもわかっていたからな〟

「あいつらはなんなんだ？　どう見てもプロの対応だったぞ」

そう訊ねると、電話の向こうでかすかに笑う気配がして、そして、

〝あれは東澱家の警備部門の者だ。しかも選《え》りすぐったエリート部隊の者が運転していたはずだ〟

と言った。その名前を聞いて、杉山の顔が引きつった。

「な、なんだって？　東澱だと？　そいつはあの、東澱久既雄とかいう大物の――」

〝そうだ、それだ〟

あっさりとそう言われる。杉山は背筋を流れる冷や汗を自覚した。

「お、俺たちは東澱と戦わされていたのか？」

〝どうするね、今さら怖《お》じ気《け》づいたかね？　まだ仕事の途中だよ〟

ねちっこい口調で言われる。

「うう――」

杉山はためらったが、横で原田の方が、

「なに考えてんだよ、兄貴。よくわかんねえけど、大物を殺《と》りゃあ俺たちにも箔《はく》が付くってもんじゃねえのか？」

と強気な声を出した。

「馬鹿、そんな簡単なもんじゃねえんだよ――うう、くそっ」

杉山は奥歯をぎりぎりと噛みしめた。だが原田の言う通りだった。どっちにしろ、彼らには戻る道はもうないのだった。

＊

……そして奈緒瀬の方では、放棄されていった車からは手掛かりが発見できそうになく、苛立った空気が漂っていた。


「………」

部下たちと合流はしたものの、この後の行動が手詰まりになった感は否定できず、奈緒瀬は追い詰められた気分になっていた。

そんなとき、彼女の携帯電話が着信を告げた。

それは対外処理を担当している部下からだったので、彼女は即座に出た。

「何かあったの？」

〝それが――〟

部下は言いにくそうにしつつも、告げた。

〝実はマルチサービスの方から、我々に諸三谷吉郎を追うのを控えていただきたい、という要請が入ってきまして――〟

「はあ？」

奈緒瀬は思わず声を上げてしまった。

「時雄お兄様が？　なんで？　今このタイミングで、どうしてそんな話が出てくるのよ？　それなら諸三谷が警察署から逃げる前に言われなきゃおかしいでしょう？」

〝詳しいことはわかりません――ですが、この話は奈緒瀬様が――いや代表が、その――目標を逃がした後で来ました。それは間違いありません〟

「どうなってるのよ――？」

もしかしてあの襲撃者は時雄の方の手引きではないか、という疑いはある。しかしそれでなおかつ、こんな風な圧力が掛けられるのは、なんだか話が少し辻褄《つじつま》が合わない。

〝あの、代表――〟

「……とにかく、マルチサービスに対してはその件の説明を求めなさい。どうせ応《こた》えないでしょうけど、ひたすら嫌がらせのように接触し続けなさい。いいな？」

そう命じて、奈緒瀬は通話を切った。

「――うう」

奈緒瀬は頭を抱えた。せっかくの好機を逃しただけではなく、混迷する事態が彼女の前に立ちはだかっていた。

「あの、代表――少しお休みになった方が」

そう言われても奈緒瀬は答えず、少しの間無言でいたが、やがて顔を上げて、

「――よし、波多野ステラに会うわよ」

と言った。

「は？　しかし――」

「あの女も、関係者には違いない……何か知っているかも知れないわ」

「ですが、あの女性は時雄様の……」

「あいつがお兄様の恋人なら、私が会おうとしてもおかしくはない。それに諸三谷のことで圧力を掛けてきた以上、他のことでは譲歩せざるを得ない――断れないはずよ」

奈緒瀬の眼には強い光が戻っていた。

2

サーカム財団極東支部の本社それ自体は、それほど大きくない。テナントビルの一フロアを借りて、そこにすべての機能を押し込めているのだ。

そんな中、その部屋だけはやけに広かった。その上、調度品も何もない。ただテーブルがぽつん、と置かれているだけだ。

その席に着いている伊佐俊一は、窓際に立って彼の方を見つめている男に憮然《ぶぜん》とした顔を向けていた。

「困るね、伊佐俊一くん――」

その逆光の中に立っている白人の男は、そう彼に話しかけてきた。

ハロルド・J・ソーントン。

サーカム財団極東支部の特別顧問という、よくわからない役職に就《つ》いている男だった。鼻が高く彫りが深く、見るからに英国紳士という顔立ちをしている。日本語は完全にマスターしていて、イントネーションにも変なところはない。

「君は休暇中のはずだろう？　勝手な行動は慎《つつし》んでもらいたい」

「逆らったら馘首《くび》にするか？」

伊佐が反抗的にそう言うと、ソーントンは苦笑して、

「君は、なにか勘違いをしているようだ――君とサーカム財団は契約関係にあるんだ。立場は対等だよ。雇用している訳じゃないんだ。我々はパートナーさ。だからこそ、自己責任というものがある」

と静かな声で淡々と、諭《さと》すように言う。前から伊佐は、こいつにはなんだか教師のような印象があるなと思っていたが、面と向かって話をすると、ますますそういう印象になっていく。それも厳格な寄宿舎学校の校長、というような感じだ。

「君には自分の判断で動いていても、サーカムにそ

の内容を逐一《ちくいち》報告してもらう必要があり、義務があるんだよ、伊佐くん——それが契約だ。そしてその中には、君が知らない方が、君にとって良いこともあるんだ」

「その良い悪いの判断はサーカムがするのか？」

「我々としてもベストの対応を、常に心がけているからね——信頼してもらいたい」

したり顔で、微妙な薄笑いを浮かべているが、眼だけはまったく笑っていなかった。

「波多野イーミアのことも、俺には内緒なのか？」

伊佐がずばりそう訊くと、ソーントンはやや眼を細めて、

「君が恐れるのではないかと思ったんだよ。萎縮《いしゅく》してしまうのではないか、とね。どうやらその心配は無用だったようだが」

「イーミアが薬物依存で、身体がボロボロになっていると知って、俺もそうなるかもと不安になる、と思っていたのか？」

「その一面は否定しないよ」

「俺にはペイパーカットのことを調べさせて、そっちが摑んでいる手がかりは俺に教えない、というのでは、解明できるものもできなくなるぞ」

「ああ、その問題はない。どうせイーミア・ハタノは何にも到達できずにリタイアしたのだからね」

ソーントンは冷たくそう言い放った。

「それにそもそも君と彼女では、アプローチ方法も違うしな」

「トポロスを創って——か？　あれはなんなんだ？」

「だから言ったろう。君はそれを知る必要はないんだ」

「そうだな……少なくとも、あなたにそれを訊いても無駄なようだな」

伊佐は相手の眼をまっすぐに見つめながらそう言った。逆光の中の相手の眼はどこにあるのか、サングラス越しにはよくわからなかったが。

「あなたはサーカムの命令で、俺たちを管理しているだけだ――ペイパーカットのことには、実はそれほど関心もないんだろう？」

「ああ――そうだな」

ソーントンはあっさりとそれを認めた。

「しかし私が、ミセス・サーカムのご意向にできるだけ添おうとしているのも事実だ。あのお方がペイパーカットをどうにかしたいと思っていらっしゃる間は、私は真剣に取り組もうと思っているよ」

そう言ってから、ソーントンは少し表情を変えた。笑っていなかった眼が、少しだけ細められて、楽しげな色を浮かべる。

「しかし――君は不思議な男だな。こんなことを言うつもりはなかったんだが」

「別に俺の方は、あなたに興味はないんでね。どうでもいいことさ」

伊佐が投げやり気味にそう言うと、ソーントンは今度は本当に笑った。しかしその上品な物腰にふさわしい、静かで穏やかな笑い声だった。

「ふふふっ――まあいいだろう。ペイパーカットにしか興味を持つ必要はないんだからな、君は。しかし注意したまえ。我々サーカム財団にも力が及ばない領域は歴然とあり、それに踏み込んだ際には、ペイパーカットを追うために必要だから、という申し立ては理由として認めてはもらえないだろう」

「警告を受けた、という風に受け取っていいのかな」

伊佐はため息混じりに言った。

「俺が危険な領域に入りかけているから、やめた方がいいというような――そういうものなのかな」

「明言は避けるよ、私は」

「話はそんなところかな。だったら俺は、別のところに行きたいんだが」

伊佐が悪びれもせずにそう言ったので、ソーントンはさすがに眉をひそめた。

「君は――」

「ああ、いやいや、波多野ステラをさらに問いつめようとは思っていないよ。別の人間に興味があるんでな。名前は清水《しみず》典枝っていうらしい。これは禁止じゃないんだろう?」

「誰だね、それは」

「警察署から逃げ出したっていう、諸三谷吉郎の関係者だ。本人を見つけるのは難しいようだからな」

「だから誰なんだ」

ややや苛立った様子のソーントンに、伊佐は淡々と言う。

「別れた妻だ。吉郎の人となりを知っている」

「なぜ、そんな人物に関心があるんだね?」

ソーントンは不思議そうな顔になったが、これに伊佐は応えず、

「報告書は後で提出するよ」

と言って、部屋から出ていった。

3

……吉郎を乗せた車は、あちこちをぐるぐると迂《う》回《かい》して尾行がいないことをしつこいくらいに確認した後で、街の片隅にある建物に辿り着いた。

「着きましたよ」

そう言われた。ここに来るまでの間にその者たちの名前は教えてもらっていた。老人の方は安藤林蔵《あんどうりんぞう》といい、少女の方は小塚志穂《こづかしほ》というらしい。ふたりに血縁関係はないようだ。ただし、本人たちが言うところの〝東澱時雄の協力者〟というのが具体的にどういうことなのかは、とにかく落ち着いてから説明すると言われて、詳しくは聞いていない。

その建物は、一般家屋というにはやや大きく、何らかの施設というには小振りだった。小さな看板とも表札ともつかないところに〈蝶風寮《ちょうふうりょう》〉という名称が書かれていた。

「あの、僕はその、一刻も早く病院に行かなくてはならなくて」

吉郎はじりじりと焦りながら、既に何度も告げた言葉を繰り返した。

「ええ、わかっていますとも。ですから、状況を確認して、慎重に行動する必要があるんじゃありませんか」

安藤老人は落ち着いた調子でそう言い、車からさっさと降りてしまう。志穂も同様である。

「うう――」

どうしようもなさそうなので、吉郎もしかたなく彼らに続く。

するといきなり、きゃあ、きゃあ、という子供たちの声が聞こえたのでびっくりした。

「みんな、ただいま」

安藤老人が優しい声でそう言うと、

「おかえりなさあい！」

という小さな子供たちの元気のいい返事が返ってきた。そしてどたどたと足音が響いてくる。

「お客さんが来たの？」

「誰だれ？　どんなひと？」

「何しに来たのかな？」

口々にそう言いながら、子供たちが玄関口に押し寄せてきて、啞然《あぜん》としている吉郎を取り囲んだ。

「おじさん、誰？」

「何してる人なの？」

「安藤先生の友だちなの？」

「ここの誰かに用があるの？」

いっせいに話しかけてくるので、なにがなんだかわからない。

「い、いやあの、その――」

吉郎がしどろもどろになっていると、志穂が、

「はいはいみんな、この諸三谷さんは安藤先生と大事な話があるの。静かにしてあげてね」

と慣れた口調で言った。子供たちの中で、どうやら彼女が一番の年長者らしい。

はあい、と子供たちも素直に返事をする。

「それでは諸三谷さん、どうぞこちらへ」

安藤に促《うなが》されるまま、吉郎は建物の中に入っていった。

奥の部屋に通されて、二人だけになる。

「驚かれたでしょう、みんな来客が珍しいのですよ」

にこにこと笑いながらそう言われる。吉郎はとまどいつつも、

「ここは、その——子供を引き取っているところなんですか？」

と訊ねた。安藤はうなずいた。

「そうです。身寄りをなくした子供たちを世話している施設です。東澱時雄さんが資金面で援助してくださっているのですよ」

「時雄様が？」

そう言われれば、たしかそんなような話を聞いたことがある。東澱は人気取りのために全国のあちこちに寄付金やら援助金やらをばらまいているのだ、という——むしろ陰口に属する噂で耳にしたことであったのだが。

「あなたも時雄さんの手伝いをされているんでしょう、諸三谷さん」

「は、はい——そうです」

「私たちも、あなたの手助けをしてくれと言われただけなので、あなたがどのような立場の方なのかよくわからないのですよ。よろしければ教えていただけませんか」

「はあ——ええと」

しかし一言で説明できるようなものではない。裏の資金の流れはとても複雑なのだ。全貌《ぜんぼう》自体は吉郎にもわかっていない。

「……まあ、要するにお金のことで、あれこれと」

「警察署から出てきたのも、そういうことで？」

「いや、それは全然関係がなくて——」

「あなたをかくまうにしても、状況がわかっていいま

せんと——身の潔白を晴らされてからでないと、妹さんと面会するのも難しいでしょう?」

「は、はい。それは、そうなんですが——なんで疑われるようなことになったのかも、いまいち理解できなくて……」

吉郎はひたすら歯切れが悪い。するとそこに、ノックの音が響いて、

「失礼します」

と志穂がお茶をお盆に載せて現れた。

「ど、どうも——」

吉郎が頭を下げると、志穂はくすくす笑って、

「おかしい人ね、諸三谷さんって」

「そ、そうかな?」

「子供に、まるで大人相手みたいな言葉遣いするんだもの」

「ま、まあそれは——あなたが大人びているから——」

吉郎は弁解するように言った。

「さっきも、あんな危ないところに来てくれたりして——あんなに落ち着いていて」

「私たちは、ただあなたを迎えに行くだけのつもりだったんですよ」

安藤がやれやれ、と首を左右に振った。

「まさか追いかけてくる者がいるとは思いませんでした」

「僕が出るのが、時雄様にはわかっていたんですか?」

吉郎は驚いた。あんな異様な脱出状況を、時雄は予想できたというのだろうか? だとしたらあの奇妙きわまる飴屋は、時雄とつながりがあるとでもいうのだろうか?

「私たちには詳しいことはわかりませんが、そうなんじゃありませんか」

安藤はうなずく。

「いや、でも、しかし——」

そんなはずはない、という気がした。飴屋という

人は、自分と同じような時雄の手下などという次元の存在ではない、としか思えないのだ。

「しかし……」

言いかける言葉は、しかし漠然《ばくぜん》としていて形にならない。なんと言ったらこの感覚を伝えられるのか見当もつかないのだ。


――こうなっては、人々の中から可能性を見つけだすより他ない。君にそれができるかな？


……あの言葉が脳裏をよぎった。その意味は全然わからないままだが、切実に〝そうしなければならない〟という想いは心の中でどんどん大きくなっていくばかりだ。

「思うのですが、諸三谷さん――あなたにはさらに思い切った行動が必要なのかも知れませんね」

安藤にそう言われて、え、と吉郎は顔を上げた。

「どういうことでしょう？」

「つまり、あなたは今まで色々なことを隠してきたでしょう？　妹さんの病気のことも、あまり他の人には言わないでいたんじゃありませんか」

「それは――言いふらすようなことでもないし」

「しかし、あなたのおっしゃることが正しいのなら、その病院は相当に怪しいと言わざるを得ないでしょう。これを広く世間に公表すべきなのでは？」

安藤の言葉に吉郎は強い衝撃を受けた。

「こ、公表――ですか？」

「そうですよ、つらいときにはみんなに助けを求めるんですよ」

「で、でも妹の病気は、その……とても難しい病気で、あの病院でないと」

「だからこそ、広く情報と協力を呼びかけるべきではありませんか」

そう言われて、吉郎は思わず黙り込んでしまった。すごく魅力的な話に聞こえる。説得力がある。

「それは……具体的にはどうすればいいんでしょう

ね？」

「マスコミに発表するとして——話題にする価値のない話では誰も乗ってはくれないでしょうね。その辺を考えないと」

「うーん……」

「他にもっと良い方法があるなら、無論それでもいいのですが」

「いや、それは——」

吉郎は考え込んだ。確かにそうするしかなさそうである。

「時雄さんにも助力を願い出てみては？」

安藤がそう言うと、吉郎はさらに驚いてしまった。

「む、無理でしょう、それは！」

大声を上げてしまう。

「どうしてですか？」

「時雄様は、その——目立つことを嫌っていらっしゃるし」

「別に東澱という名前を表に出してくれ、ということでなければよろしいのでは？　この施設のように」

安藤はにこにこ微笑みながら言うが、しかし吉郎にはそんなに簡単なこととは思えない。

「……あなた方には、時雄様は無償で援助してくれるサンタクロースのように思えるのかも知れませんが……」

言いながら、彼の心に焦りが浮かんできた。

「……時雄様から、なにか言づてはありませんでしたか？」

「いえ、特には——ただ迎えに行ってあげてくれ、というような話を、お付きの方から頼まれただけですが」

「それは漆原さんでしたか？　あの、若い女性で、東澱マルチサービスの副社長の」

「いえ、私どもにいつも協力していただいている会社の方でしたが」

「そうですか――」

吉郎は、まだあの奈緒瀬が言っていたことを完全に否定する気にはなれなかった。実にもっともらしい話であったからだ。

（この人たちに僕のことを助けさせたのは……僕の居場所をはっきりさせるためじゃないのか？）

そんな風にも思ってしまう。

話が少し途切れたところで、志穂が、

「吉郎さん、ご飯はまだですよね？」

と訊いてきた。

「え？　ええと――」

自分があの留置場の中で食事をしていたのかどうか、吉郎はよく思い出せなかった。すると志穂が、

「今日はカレーをつくってあったんです。たくさんつくりすぎちゃって。よろしかったらみんなと一緒に食べませんか？」

と言ってきた。

「……へ？」

言われて、吉郎ははじめてこの蝶風寮という建物に煮込まれた香辛料のいい匂《にお》いが漂っていることに気づいた。

カレーの匂いさえ感じないほど、緊張していたのかと思うとぞっとした。自分が生き物としてまともでなくなってしまったみたいな気がした。

4

「あーっ、疲れた……」

波多野ステラは姉の急死について〝あくまでも病死です〟と発表し続けた記者会見を終えて、そのままデパートから帰ろうと地下の駐車場に降りてきた。

するとそこに、さっきも見かけた男が待っていたので、うんざりした顔になった。

「どうも波多野さん。私は」

その背の高いヤツが馬鹿丁寧にそう言いかけたの

で、ステラは、

「千条さんでしょ、さっきも聞いたわ。なんの用なの」

「あなたの警護と手伝いをするように言われて来ました」

「伊佐さんは追い返したのに、あんたは居座るってわけ？」

「その言い方は正確ではありません。あなたが目に付かないところに待機していろと言われれば、その指示に従いますので。決して居座るというような――」

「ああ、ああ。だからそういうことをいちいち言うあたりが、まだまだ不完全なところなのよ、ロボット探偵さん」

ステラは投げやり気味にそう言った。

「サポート役はいないの？　注意してくれる人は」

「いつもは伊佐俊一が、僕のパートナーなのですが。今回はやむを得ない事情で」


千条が無表情にそう言うと、ステラはけらけら笑った。

「伊佐さんもとんだ災難ねえ――ペイパーカットだけでも大変なのに、その上あなたのお守りなんて」

「お守り、というのはどういう意味でしょうか？」

首を傾げて千条は訊いた。するとステラは肩をすくめて、

「――なるほど」

とひとりうなずいた。

「いつもは色々と質問すれば、すぐに答えてもらっているわけね――」

そう呟いた。これに対して千条がまた質問しかけたが、ステラは無視してそのまま自分の車の方に歩いていった。

するとと千条が、

「車はこちらが用意したものをお使いください。運転も僕がします」

と言ってきた。ステラは少し苛立ったような顔に

なって、そして彼を馬鹿にしたように「はっ」と鼻先で笑った。

「あんた、わかってんのかしら——ペイパーカットが本当に来ているのなら、別に私たち姉妹だけを狙《ねら》っているとは限らないのよ。標的の法則性は未だに確定してないんでしょう?」

ステラはねちっこい口調で、

「つまり、ヤツがキャビネッセンスを盗《と》りたいと思っている相手は、全然無関係にしか思えない、このあたりにいる誰かかも知れないってことよ。そっちの警護はいいの?」

と訊ねた。

「そうですね、それは問題ですね。しかし現状としては打つ手がありません」

千条はほとんど無責任にそう言うだけだった。

「ふん——」

彼女は急に無口になって、千条が示す車にそのまま乗り込んだ。

「行き先はどうしますか」

運転席に着いた千条がそう訊ねても、彼女は応えない。

「何も指示がないのであれば、我々が用意するセーフティハウスにお連れするように言われていますが、よろしいのですね」

「…………」

ステラは返事をしない。そう言われるのがわかっていたようだった。その場所のこともとっくに知っている、とでもいうように。彼女は誰にも聞こえないようなかすかな音で、ちっ、と舌打ちして、そして、

「会いたくないわね……親父には」

と呟いた。

そのとき彼女の懐《ふところ》で携帯電話が着信を告げた。

千条がどうこう言う前に、ステラはその電話に出た。

「はい、もしもし」

〝波多野ステラさんですね？　わたくしは東澱奈緒瀬と申します。ぜひあなたにお会いしたいのですが〟

やけに明瞭《めいりよう》な発音で、出し抜けにそう言われた。相手の意志はおかまいなしの言葉遣いに慣れている人間の声だった。

「ああ——時雄の妹さんね？　どうしてこの番号がわかったのかしら」

〝兄に聞きまして〟

奈緒瀬は白々《しらじら》しい調子で嘘をついてきた。

「嘘でしょ？」

〝はい〟

奈緒瀬の間髪《かんはつ》入れない即答ぶりにステラはにやりとして、

「噂通りの人みたいね、あなた——いいわ、会いましょう。いつにする？」

〝できれば今すぐに。わたくしの方から参上いたします〟

「あらそう——」

ステラは千条の方に目をやって、

「どうやら予定は変更みたいよ。行き先が変わりそうだわ」

と悪戯《いたずら》っぽく言った。

CUT/5.
Rinzo Ando
&
Shiho Koduka

もし君が忘れてしまったら
ぼくは想い出せるだろうか
——みなもと雫〈バタフライ・ドリーム〉

1

……まだ諸三谷真琴が、吉郎の妹が今ほどは病状が悪化していなかった頃、彼女は体調がいいときには彼のために料理をつくってくれることがあった。それは大抵の場合、カレーライスだった。

「いや、最初はホワイトシチューにしようって思ったんだけど……なんでか途中でカレーになっちゃうのよ」

　真琴はいつもそんなようなことを言って、ごめんね、とあやまっていた。その最初の料理というのは時にはビーフシチューだったりロールキャベツだったりしたが、味そのものはいつも同じで、市販のカレールーそのままの味しかしなかった。

「いや別にいいよ、カレー好きだし」

　という言葉は嘘ではなかった。未だに吉郎は、そのときのカレーよりも充実した食事をしたことがない。他のものは、何を食べてもなにか味がしないような気がしてしまうのだ。だから外ではカレーを一切口にしなかったし、後に結婚したときも、カレーをつくるなと言って妻と喧嘩になってしまったものだった。

「お兄ちゃん、おいしそうに食べてくれるから、嬉しいわ」

「でも、つくってくれるのはありがたいけど、無理はするなよ。ちょっとでも疲れたら、すぐに横になるんだぞ」

「わかってるわよ。自分のことは自分でわかるから――」

　真琴自身は自分でつくったものをほとんど口にしない。食欲がないというよりも、たくさん食べても消化できないのだった。

「どこまでやったら倒れちゃうか、そのへんは感じられるもの」

「それは――」

吉郎は少し言葉に詰まったが、すぐに顔を引き締めて、

「真琴、おまえはきっと良くなるからさ。信じる気持ちをなくしちゃ駄目だぞ」

と言うと、真琴はくすくす笑った。

「お兄ちゃんは、そればっかり言ってるわね」

「でもほんとうのことさ。信じることが大事なんだ。どんなことでも、すべては信じることからはじまるんだからさ」

吉郎はムキになってそう言い張った。これもいつものことだった。

「うん、わかってる」

真琴も素直にうなずく。

「がんばろうな。僕も頑張るからさ」

「うん、くじけないようにするわ」

「そうだ、その意気だよ」

ふたりの雰囲気は、おそらく第三者がそこにいたら、必ずしも温かな雰囲気とは思えなかったかも知れない。それはどこかで、スポーツの特訓をしているコーチと選手のような感じがつきまとっていた。病気を治すのだ、という目的に向かって、ストイックに努力し続けている——やや強引なくらいに。

しかし集中している者にとっては、その強引さは決して意識されないし、他の者が見たら変に思うんじゃないか、ということも意味のないことなのだ。少なくとも吉郎は、そんな不自然さを考えたこともなかったし、今も考えていない——。

＊

志穂が出してくれたカレーは、やはり味を感じられなかった。味覚としては感じるのだが、それが何一つ心に伝わらないのだ。辛《から》いけど少し甘いとか感知しても、それが〃おいしい〃のか〃まずい〃のか、そういう判断をしようという気が起きないのである。

「みんな、カレーだと文句を言わないんですよ」

志穂がにこにこしながらそう言い、子供たちもわいわいがやがや騒ぎながらも、おいしそうに、お代わりしながら食べている。しかし吉郎は、スプーンを持つ手が止まりがちだった。

「やはり妹さんのことが気がかりなんですか？」

安藤老人が訊ねてくるが、それにも、いやまあ、と曖昧《あいまい》な返答しかできない。

「おじさん、子供いるの？」

施設の子のひとりがそう訊いてきた。

「いや、いないよ」

「じゃあ、まだ自分のお父さんたちに甘えてるの？」

「いや、両親はふたりとも早くに死んじゃったから――」

と言いかけて、吉郎ははっと口を閉ざした。ここの子供たちもそういう子供ばかりなのだ。しかしそういう気遣いはいらなかったようで、

「ああ、じゃ、ぼくたちとおんなじじゃんか」

と逆に、妙に楽しげな空気が広がった。仲間意識を持ってくれたようだ。

「大学とか出たの？」

「今、どんな仕事してるの？」

「どうやってその仕事に就いたの？」

「何が大変だった？」

口々に色々なことを訊いてくる。吉郎が困っていると、志穂が、ぱんぱん、と両手を叩いて、

「はいはい、あまり皆がいっぺんに話しても、諸三谷さんはお返事できないでしょう？　お行儀よくしなさい」

と、やはり慣れた調子で優しく叱ると、はあい、と子供たちも素直に返事した。

吉郎はあまり、他人同士が和《なご》やかにしているのを見ても感情が動かないことが多いのだが、この光景にはなにか落ち着かないものを感じた。じりじりと針の上に座っているようで、いたたまれない。自分

はここにいてはいけないのではないか、と思えて仕方がない。

（そう言えば——時雄様も早くにご両親を亡くされているんだったな……こういうところに援助するのは、その関係もあるんだろうか……）

と思いかけて、しかし彼の知っている東澱時雄は、およそそんな風な感傷とは無縁の男にしか思えなかったので、すぐにその考えを頭から消した。

（どんなことでも計算してからでないと、決してやらないのだから……あのお方は）

そう考えながら水の入ったコップを口元に持っていった、そのときだった。

窓の外で、なにか動く影がちらついた。何者かが、この建物の中をこっそり覗き込んだようにも見えた。

「……！」

吉郎は思わずむせかえりそうになって、あわててコップをテーブルの上に置いた。

「どうしました？」

安藤がそう訊き、志穂が、

「カレーが変なところに入っちゃいましたか？」

と言ったが、吉郎は首を左右に振って、

「いえ——なんでもありません」

と動揺を必死で隠しながら答えた。

怪しい影は、すぐに消えてしまったが——吉郎は確信していた。

（間違いない——ここは見張られている……！）

それが時雄の方の手の者なのかどうかはわからない。しかし彼が置かれている状況はなおも不安定なのだということだけは歴然としていた。

食事が終わり、子供たちがめいめいの食器を流しに持っていって、自分たちで洗い出したので、吉郎も、

「手伝いますよ」

と言った。いいですよ、と言われたが、半ば無理矢理に、台所の横に置いてあったゴミ袋を手に取

り、

「これを外に出しておきますよ。あの積んであったところですよね？」

と建物の外に出ていった。

「…………」

周囲はしーんと静まり返っていたが、吉郎はさっき影が見えた方に視線を向けて、そして小声で、

「——おい、誰か知らないが……おとなしくついて行くから、ここの人たちを巻き込まないでくれ」

と言った。

すると物陰から、二人の男たちが姿を現して、

「ほう、殊勝《しゅしょう》な心掛けじゃねえか」

と言ってきた。見るからにヤクザの、それは杉山と原田の二人組であった。

2

「……なんであなたがいるんですか!?」

東濔奈緒瀬は、波多野ステラの隣に当然のような顔をして立っている千条雅人を見て、思わず大きな声を上げてしまった。しかし千条の方は淡々と、

「お久しぶりですね、東濔さん。と言っても以前にお会いしたのは二週間前のことですから、それほど久しぶりではないかも知れませんが」

相変わらずピントのずれたことを言う。

「な、な……」

奈緒瀬は思わず周囲を見回す。ここは問題のデパートのすぐ近くにある高級ホテルの喫茶フロアであり、この場を指定したのは奈緒瀬の方だ。いわば彼女のテリトリー内である。にも関わらずしつこく辺《あた》りを観察してしまってから、

「……伊佐さんの姿が見えないようですが」

と訊いた。

すると、まるでここが自分の庭であるかのようにくつろいでいるステラが、

「ああ、俊一さんは今回、やむを得ない事情とかで

立ち会えないのよ」

　と口を挟んできた。

「しゅ、俊一さん？」

　奈緒瀬は馴《な》れ馴れしく伊佐のことをそう呼んだ女の顔を、反射的に睨みつけてしまった。

　するとステラは面白そうに、

「あなたも追っかけているんですってね――ペイパーカットのことを」

　と、重大な秘密であるはずのことを軽い調子で口にした。

「伊佐俊一とは、言ってみればライバルってところかしら？　それとも別の感情もある？」

「な、な――」

　奈緒瀬は言葉に詰まって、顔を赤くしたり青くしたりしてしまった。横の部下が、そんな彼女の様子を見て眼を丸くしている。それは、

（……お嬢様を絶句させる女がこの世にいたのか）

　という驚きのためであった。


　奈緒瀬は、ぴくぴくと眉間《みけん》に皺《しわ》を寄せながら、なんとか、

「――あなたは、サーカムの関係者だったんですか？」

　と訊き返した。するとステラは、

「質問はこっちが先だったと思うけど。あなたは伊佐俊一をどう想っているの？」

　とまた言った。奈緒瀬は強い口調で、

「そんなことは、この場になんの関係もないでしょう！」

　と言った。ステラはなおも笑いながら、

「いい男じゃない？　俊一さんって。自分じゃ全然わかってないみたいだけどさ」

　とふざけた調子で言う。

「あなたは……！」

　奈緒瀬はさらに頭に血が上りかけ、なんとか怒号を喉の奥に呑み込んだ。

　そして千条に視線を移して、

「……あなたがいるということは、例の予告状が発見されたのですか？」

と冷静に戻ろうと努めつつ、言う。

「いえ、それはありません。あくまで——」

千条がそう言いかけたら、またしてもステラが、

「あら、俊一さんはイーミアの創っていたトポロスの中に、それらしい刻印が刻まれていたって言ってたけど」

奈緒瀬と千条は同時にステラの方を見た。そしてやはり同時に、

「どういうことです？」

と見事にハモってしまった。奈緒瀬は少し顔をしかめたが、千条はむろん恥ずかしいとか一切感じない。

ステラはちょっとだけ真面目《まじめ》な顔になり、

「それが予告状だとしても、イーミアの死因には当てはまらないとは思うけど。彼女がそれを創ったのは何年も前だし、そのトポロスそれ自体はあの展覧会には置いてなくて、時雄が持っていっちゃってるそうだから」

「どうして伊佐さんが、それを知っているんですか？」

「さあ、そこまでは訊かなかったけど」

「……兄の手元にある、と言いましたね。それはどういうことですか」

奈緒瀬がさらに問いつめようとしたところで、ステラは、

「とりあえず、落ち着いたら？　立ったまま話をするのもなんでしょ？」

と、自分のテーブルの向かい側の席を指差した。

「——そうですね」

奈緒瀬は言われるままに席に着いた。部下の一人がホテル従業員のところに行ってコーヒーをもらって来て、彼女の前に置いた。他人は彼女たちの周囲にはあくまでも近づかない。他の客もいない。今は貸し切りなのだ。

奈緒瀬はコーヒーを一口だけ飲んで、すぐにテーブルに置く。

「堂々としてるわねえ」

ステラが、特に奈緒瀬の指示も受けずに自主的にてきぱき動く部下たちと、それを平然と受け入れる奈緒瀬の様子に感嘆したようだった。

「それは嫌味《いやみ》ですか」

「どうしてそう思うの？」

「可愛げがない、と言っているように聞こえましたので」

「考えすぎよ。それに第一、あなたが可愛げがあると思われたい人間は、そんなにいないでしょう？　少なくとも私にはそう思われたくないんじゃないかしら」

「ずいぶんと口が立ちますね」

「美術関係の仕事なんて、口先がうまくないと駄目なのよ。役立たずのがらくたを高い値段で売りつけるには、交渉術に長《た》けていないとね。時雄にもそうやって取り入ったんだから、大したもんでしょ？」

身も蓋《ふた》もないことをぬけぬけと言ってのける。

「――兄の名前が出ましたが、その辺のことを訊いてもよろしいですか？」

「どの辺のことかしら。お金の話は駄目よ。あなたにだけは教えちゃいけないって言われそう」

「トポロスのことです。兄にあげたんですか、それとも盗られたんですか？」

「どうだろ、うちの工房の所有権は地主で管理者のあの人にあるからさあ、勝手に持っていっても泥棒にはならないかも知れないし。制作者の許諾無しに転売した、とかいうことなら問題なんだろうけど――まあ、私の知らないうちに持っていったのは、たぶん疑っていたからじゃない？」

「疑う、とは何をですか？」

「私を」

「あなたを？　どうしてです」

「私が、他人が創ったものをさも自分が創りました、とか言ってるんじゃないか、別の人が創ったものを適当にツギハギのようにくっつけているんじゃないかとか、そういうことを考えたんじゃないかしらね。盗作疑惑ってやつよ。偽装の痕跡《こんせき》なんかを調べるために持っていったんじゃないの」

「――平気なんですか、疑われて」

「ん、まあ大金がからんでるし、無理もないんじゃない？」

「いや、そうじゃなくて、あなたは兄の、その――」

と奈緒瀬が少し言い淀んだところで、ステラは大笑いした。

「ああ、ああ――なに考えてるかわかるわよ。でもそうじゃないわ。それは勘違いよ、あなたたちの」

「え？」

「私が時雄の恋人だとか愛人だとか、そういう話でしょう？　それはデマよ。いい加減な噂だわ。別にあの人のことは嫌いじゃないし、誘われたら断らないけど、でもそうじゃないわ。そんなことを言われたことは一度もない。ただ、他の人から見たらなんか仲が良すぎるように見えるんでしょうね」

「そう――なんですか？」

「意外？　でもあなたなら、逆に私が時雄と付き合っていると言われたら、それこそ意外な気がしていたんじゃないの。あの堅物《かたぶつ》なお兄さんがこんな派手な女を気に入るだろうか、とかね？」

「……それは否定しませんけど」

「でも友だちよ。それは確かだわ。似たところがあるから、私たち」

「似たところ？」

「そう、二人とも父親に対してコンプレックスを持っているところ」

ステラがそう言うと、奈緒瀬の顔がやや引きつった。

彼女たちの父親、東澱光成は既に他界して久しい。奈緒瀬はろくに会ったこともない父には、むしろ嫌悪感を持っている。

「……兄は父のことをなんて言ってるんですか」

奈緒瀬が押し殺した声でそう言うと、彼女の後ろの部下たちは緊張した顔になった。それは奈緒瀬にとっては、傷口に自ら触れる話題であったからだ。

「別に、何も」

ステラは肩をすくめた。

「あなたも知ってる事実だけ言って、感想はなし。私の方も同じで、事実だけ言って、それで終わり」

「――言いたくないことが同じだと、確認しあったってわけですか？」

「そんなところね」

「あなたのお父様はまだご存命ですか」

「残念ながら、ね」

しばらく、気まずい沈黙が落ちた。

「…………」

奈緒瀬はちらっ、と千条の方を見た。いつもならば余計なところで口を挟んでくるはずの彼は、今のステラと奈緒瀬の対話中、ほとんど発言していない。あきらかにペイパーカットに関する重大な疑問点としか思えないことが何度も出ているのに……。

（唯一、伊佐さんが知っていると、このステラが言ったときにしか反応しなかった――なにか嫌な感じだわ）

伊佐のことはチェックするのに、ペイパーカットの方は放ったらかしというのでは、話が逆ではないか。これでは伊佐の方をこそ警戒しているみたいだ。

「――――」

伊佐は現在どうしているのだろうか、それが急に気になった。もしかして大変な目に遭《あ》っているのでは……と奈緒瀬が思ったその瞬間、

「彼ならうまくやるわよ」

とふいにステラが言ったので、奈緒瀬は椅子から落ちそうになるくらいに驚いた。

「――は？　な、なんですか？」

「俊一さんなら、きっとサーカムの妨害にも負けずに、辿り着くべきところに辿り着けると思うわ。残念ながら私が知っている程度のことでは彼の役には立てないと思うけど——彼ならやれるわ」

ステラは妙に自信ありげにそう言った。奈緒瀬は口をもごもごとさせてしまって、一瞬言い返せなかった。

この人と伊佐は——どういう関係なのか。奈緒瀬はそれが訊きたくて仕方がなかったが、他のことならズバズバ訊けるのに、それだけはどうやって訊ねたらいいのか見当もつかないのだった。そしてそのことの意味を、彼女はいまひとつ自覚できていなかった。

3

——翌日。

「ここか……」

伊佐俊一は街の一角にあるこぢんまりとしたフラワーショップの前に立っていた。店の扉を開けると、ちりんちりん、とベルが鳴り響いた。

「いらっしゃいませ」

明るい女性の声が聞こえてきて、そして顔を出してきたが、その店員は明らかに花屋に似合わない伊佐のことを見て、やや顔を硬《かた》くした。

「どうも、電話させていただいた、サーカム保険の伊佐です」

伊佐は頭を下げた。そしてサングラスに触れて、

「すみません、眼が弱いもので」

と言った。

するとその女性は、ああ、と少し納得したような顔になり、おじぎを返してきた。

「ど、どうも」

「清水典枝さんですね？　諸三谷吉郎氏と以前、ご結婚されていた」

「は、はい——そうです」

典枝はややおどおどしながらも、うなずいた。

彼女はおとなしい感じの女性で、ふっくらとした頬に丸い瞳が目立つ顔立ちだった。

健康的な印象、とも言える。おそらくは諸三谷にとっては病気の妹とはかけ離れたイメージを感じさせるのが彼女だったのだろう。

「ちょっとお話をうかがってもよろしいですか。それほど時間は取らせませんので」

「は、はい……まあ、今の時間なら、あまりお客さんも来ませんし、少しだけなら」

「ありがとうございます、助かります」

伊佐は彼女に促されて、店の奥へと入っていった。

「あのう、それでなんのお話なんでしょうか……吉郎さんが、なにかしたんでしょうか」

「まあ、そんなに深刻な話でもありませんから。信用の問題です。諸三谷さんの素行調査みたいなものですよ」

伊佐は事務的な言い方をした。その方が逆に警戒されないだろうと思ったのだ。

「はあ……あの人、まだ大きな契約とかに関わっているんですか？」

典枝は不安そうに訊いてきた。その左手の薬指には指輪が塡《はま》っている。

「あなたは再婚されたんですよね。それは彼とは離婚した後で知り合った方とですか」

そう訊くと、彼女は笑った。

「ええ。別に私が浮気していたから別れたわけじゃありません。今の主人と吉郎さんとはまったく面識はないですし」

「彼が浮気したという話は？」

「そういうこともありません。私たちが離れてしまったのは——彼が気が抜けてしまったからでしょう」

「と言いますと？」

「あの、真琴ちゃんはどうなったか、ご存じですか？」

　典枝は心配そうに訊いてきた。

「彼女はまだ入院しているそうです」

　伊佐は書類に書いてあったことをそのまま言った。それがどこの病院なのか、彼はまだ知らない……そこが自分も検査のため定期的に通っている、あの山の中の病院だとは。

「そうですか——やっぱりそうそう、良くはならないんですね」

「あなたも、その真琴さんの看病などをされていたんですか？」

「ええ。私と真琴ちゃんは、けっこう仲が良かったんですよ。彼女に良くなってほしいと、今でも思っています。でもあの病院は、面会も許可が必要で、私はもう会いに来るなと言われました。その後で吉郎さんとも音信不通になって、連絡先もわからなくなってしまって……」

「なるほど」

　伊佐は、何か奇妙な話だと違和感を覚えたが、それをこの女性の前で言うのはまずかった。突っ込んだ詰問《きつもん》をしても、彼女は知らないだろうし。

「でもあの病院だけが、真琴ちゃんを受け入れてくれたんです。他のところではみな入院も治療も無理だと言われ続けて——だからあそこに決まったときには、ふたりでホッとしました。でも、そこで必要なものが、私たちの努力じゃなくなって、お金だけになってしまって——高い入院費を出し続けることだけになってしまって、吉郎さんが少し変わってしまったんです」

「金に汚くなった、ということですか」

「ていうか——なんの仕事をしているのか、よくわからなくなっていって。帰ってくるのもすごく遅くなったかと思うと、三日間も家に閉じこもって隠れるみたいにしていたりして。それで今までの給料の四倍とか五倍とかの特別ボーナスをもらうようになったんですよ。おかしいでしょう？　——ああ、すみません。あなたもそういうお仕事をされてるんですよね」

「いや、わかりますよ——きっと表沙汰にできない部類の仕事を担当してたんでしょう。感心はしませんね、確かに」

伊佐は、これはごまかしでもなんでもなく、素直に同意した。すると典枝は少し眼を丸くして、

「……あなたも、保険会社の方なんですよね？」

と不思議そうに訊いてきた。

「ええまあ、調査員です」

伊佐が曖昧にそう言うと、典枝はまだ首を傾《かし》げるようにして、

「それにしては、なにか——自分の意見があるって感じですよね」

と、少し変わったことを言った。伊佐が不思議そうな顔をしたので、彼女もそのことに気づいて、

「ああ、ごめんなさい。よくわからないですよね——でも私が知ってる保険関係の人って、吉郎さんもそうだったんですけど、自分の意志をあんまりはっきりさせないって言うか、建前みたいなことばっかり言うかと思うと、急に意見を変えて〃それは無理です〃とか言い張ったりして、その人の考えみたいなものが全然わからないんです——」

「……なるほど。諸三谷さんは前からそうだったんですか？」

「いえ、ですから——真琴ちゃんの入院先が落ち着いてからだと思います。彼女の世話とかしなくなってから、そんな風になってしまった感じでした。以前はもう少し、なんにでも一生懸命な感じの人だったのに、どこかぼんやりとしちゃって——それで」

と言いかけて、彼女は口を閉ざした。しかし伊佐には彼女が何を言おうとしたのかわかった。

（それで好きになれなくなった、ということか——）

彼女はため息をついて、そして店の花の方に目をやった。

「私たちの出会いって、この店だったんですよ。あの人が真琴ちゃんがこの近くの病院にいた頃に、見舞いの花をいつもここに買いに来てて。それでどんな花がいいかとか相談を受けている内に仲良くなったんです――真琴ちゃんが私たちのきっかけだったんです」

それは少し悲しげな口調であったが、同時に懐《なつ》かしい感じの声でもあった。彼女にとってはそれらのことはもう、過ぎ去った昔のことでしかないのだ。

（……だが諸三谷吉郎には、それは生々しい現在のことだ。おそらくヤツは、その頃と全然変わっていないに違いない――この女性は、ヤツからしたらただ〝役に立たなくなった〟というだけのことなんだろう……）

伊佐は、諸三谷の心の奥に染みついている、あの異様な眼差しの先にあるものがわかったような気がしていた。それは妹の真琴という少女のことだけなのだろう。

「たとえばですよ――諸三谷さんが、その真琴ちゃんに〝兄貴なんか嫌いだ〟とか言われたらどんな風に感じると思いますか？」

「え？」

典枝は奇妙なことを訊かれて、きょとんとした顔になった。しかしすぐに渋い顔になって、

「……そんなことになったら、あの人きっと泣いちゃうでしょうね――ええ、きっと泣くわ。そういう人なんです。真琴ちゃんをほんとうに大事に思っているんです」

と言った。

「そうですか――ありがとうございました。もう結構です」

伊佐はうなずいた。

「え？」

典枝はぽかんとした。彼女からしたら、こんなもんでいいの、という質問しかされていない気がしたのだろう。だが伊佐には、これで充分だった。

そのとき、店の入り口の方でドアに付けられている鈴が、ちりんちりん、と鳴った。来客のようだ。

「それでは失礼します」

伊佐はすぐに、商売の邪魔にならないようにと、その客の目に付かないように反対側の通路を通って、外に出た。

「………」

典枝の方はすぐには、気持ちを切り替えられなかった。彼女は少しの間、ぼんやりとしてしまって、その客が現れたときには思わず、「ひゃっ」と声を上げてしまった。

「どうも」

その客は静かに話しかけてきた。

「あ、い、いらっしゃいませ！」

典枝はあわてて頭を下げた。するとその客は、かすかに首を振って、

「今、ここから出ていった人——すこし怖い感じでしたが、なにかあったんですか？」

「ああ、いえ。そういうわけではありません。それに怖くもないですよ、優しい感じの人でした」

典枝がそう言うと、その客は微笑して、

「ほう——それがわかりますか。あなたはなかなか、人を見る眼がありそうだ」

と言った。

そして近くにあった花を一本、手に取って、

「人間が死者に花を手向《たむ》ける、というのはどういう気持ちなんでしょうね——綺麗なものを渡して、それで何がどうなると思っているのか。死を飾り立てたいのか、それともその人に対する自分の気持ちを美しいものに喩《たと》えて表現しているのか……」

と不思議なことを言った。

「は？」

「たとえば、少し前まではとても大切だったけれど、時間が経ってそれほどでもなくなってしまった人に花を手向けるのならば、あなたならどんな花がいいと思いますか？」

「え、ええと――」

典枝が答えに窮していると、その客はその手にした花を差し出してきて、

「これをください。同じものを束《たば》にして」

と言った。それは白い薔薇《ばら》だった。

「あ、はい――」

典枝は言われるままに、白薔薇を束にしていく。ちょうどそのときに、別の若い店員が使いから帰ってきて、その客を見て、不思議そうな顔をしつつも、いらっしゃいませ、と言った。

「どうも」

待っている客は、その店員にも優しい調子で会釈した。

その間に典枝が白薔薇の束を完成させて「どうぞ」と渡した。

「ああ、ありがとう」

その客は薔薇を受け取って、それを少しの間見つめる。

「あの――どうして白薔薇なんですか？」

典枝はつい、そんなことを訊いてしまった。さっきの謎めいた言葉の答えがその花ならば、どうしてだろうと思ったのだ。客はかすかにうなずいて、

「いえ――ただ紙切れみたいだと思ったからですよ」

と、さらに奇妙なことを言って、そして店から去っていった。

「――なんですか、今の人」

若い店員が典枝に訊いてくる。

「いや、ただのお客さんだったけど……でも少し驚いたわね。あんな髪で」

典枝がそう言うと、若い店員は不思議そうな顔をして、

「髪？　髪なんか一本もないでしょう。それよりもどう見ても外人の、お年寄りのお坊さんでしたけど、なんか話してましたよね。言葉とかちゃんと通じました？　インド人ですかね。それともネパール

人かしら」

と言ったので、典枝はぽかん、としてしまった。

何を言っているのだ、この娘は？

今の客は、長い髪を鮮やかな銀色に染めた、とても目立つ感じの若い男ではなかったのか。老人で外人の僧侶って……そんな無茶苦茶な。それでは二人は、同じ人物を見ていながら、まるっきり別人を見ていたとでもいうのだろうか？

「…………」

典枝はしかし、言葉が出てこなかった。どんな風に言えば、この両者の見解の相違を埋められるのかわからなかった。

そして二人とも、あまりにもその客に対しての印象がありすぎて、その男が出ていくときに扉の鈴の音がまったく鳴らなかったということには一切気づいていなかったし、典枝はなぜその男が最初に伊佐俊一のことを気にして訊いてきたのか、最初に覚えた違和感の方も、完全に忘れてしまっていた。

まるであの銀色は、伊佐のことを追ってきていたかのようだ、という——。

CUT/6.
Shuniti Isa
&
Masato Senjyo

もし君が信じているなら
ぼくも一緒に祈るだろうけど
――みなもと雫〈バタフライ・ドリーム〉

1

（とにかく、外堀を埋めていくことだ）

伊佐は諸三谷吉郎が警察署から出ていった方法を知りたいと思った。それが東澱時雄の工作によるものなのか、あるいは脱走なのか、それを確かめたいと考えていた。彼の知る限りでは、警察はまだそれほど本腰を入れて諸三谷を捜していない。脱走だとしたら、それをもみ消した者がいるということになる。

（だが、脱走というが――そんなこと、簡単にできるもんじゃない。もしそうだとしたら、絶対にいる――ヤツが関与している）

伊佐の心の中で、それはもう確信になっている。

これはペイパーカットの事件《ケース》なのだと。

（ヤツは諸三谷に何かをさせたがっているのか？　妹の病気を治すためなら、結婚したり、離婚したりを平気でやれるような男にさせたいことならば、彼の執念に関連したことのはずだ。それはなんだ……？）

トポロス。

あれは関係しているのだろうか。

諸三谷吉郎はあれに関する損害保険を担当していたから、この事件に巻き込まれたのか、それとも吉郎だけが狙いであって、トポロスの謎はオマケでしかないのか。

（今回、予告状はあのトポロスに刻まれていたものしか確認できていない……しかし波多野イーミアは、ヤツの犠牲者ではないだろうとも言われている……おそらく諸三谷も予告状を見ていないだろう。ということは彼は標的ではないことになるが――）

それは〃まだ〃ということかも知れない。

彼がなんらかの、重要なことに到達した瞬間、ヤツは諸三谷吉郎の生命を奪う気なのではないだろうか。

（彼の行き先——その妹の病院に行くのがもっともあり得るが、しかし警察から脱走したのなら、直接行くのはためらうのではないか。もっと具体的な、この状況を打開する道を探すんじゃないか。というと——）

伊佐はあれこれ考えようとして、頭がもやもやしてきて、思わず側頭部を掻きむしった。こんなときに千条がいてくれたら、方向性を言うだけで、色々と整理された可能性の事例をあげてくれるのだが——。

（あいつほど頭が回らない俺は、地道にそれらしいことをひとつひとつ吟味《ぎんみ》するしかないな）

そう考えたところで、伊佐はふと苦い気分が胸の奥で湧きあがるのを感じた。

千条が横にいないのに、自分はなんでこんなことをしているのか、と思ったのだ。ペイパーカットの謎を追求するのは、サーカムから命じられてのことであるはずで、自主的にこんな調査をしているのはソーントンに言われるまでもなく、権利と義務から逸脱した行為である。

それでもやるのは、こうなると彼の個人的な執念のためでしかない。それがあからさまになったのが少し嫌だった。

（俺は——ペイパーカットに縛られている。それは確かだな……）

そう、伊佐にはわかっていた。

自分と諸三谷吉郎は、どこか似ている。

あいつも妹に縛られている。それが彼の人生を歪《ゆが》めている。正しい形というものがあるのかどうかはわからないが、歪んでいるのは事実で、伊佐もまたそうなのだ。トポロスのガラス像のようにねじられて、ひねられて、そして自分ではその影がどんな模様を描いているのかわからないのだ。

「……トポロス、か」

伊佐は決心を固めた。

そもそも彼をこんな状況に導いたのは、東澱時雄がトポロスを調べさせたからである。そこからすべては始まっているのだ。

伊佐は携帯電話を取り出して、色々と検索を掛けてみようとして、ためらった。

彼の回線はサーカムによって監視されているはずだった。何を調べたのかすぐにバレてしまうだろう。

「——まあ、気を使っても時間の問題ではあるだろうがな……」

伊佐はひとり呟いて、携帯電話を使わないでしまいこんだ。そして代わりに名刺入れを取り出して、昨日もらっていたその一枚を確認した。

波多野ステラの名刺だった。やはり思った通り、そこには事務所オフィスと、アトリエの住所が記載されていた。

＊

「あんた、いつまで貼りついているのよ」

ホテルの一室で、波多野ステラはうんざりしたように横に立っている千条に向かって言った。ここは彼女が展覧会に立ち会うために取ってあった部屋だ。結局、そこから動いていない。

「近くで待機していてもかまわないのに、目の届くところにいろとおっしゃったのはあなたの方です、ミス波多野」

「陰からこそこそ覗かれるのは嫌だって言ったのよ——」

「しかしあなたのことを、あの東瀏奈緒瀬が依然として監視し続けているからと、予定していたセーフティハウスに行くのは良くないと言ったのも、あなたです」

「伊佐さんに教えちゃいけないって言われてるの

に、そのライバルに教えるようなことはできないでしょ。あんた、東澱の尾行を撒けるの？　無理でしょ」

「伊佐は別に、彼女に対して対抗心は一切持っていないようですが」

「あの彼女だって、心の奥底じゃそんなもの持ってないわよ――だから伊佐さんに内緒だと、あの娘にも教えられないのよ。あれは絶対に、いつか教えちゃうから」

「どういうことでしょうか？」

千条はそう訊いたが、これをステラは無視した。昼間から栓《せん》を抜いているワインを手酌《てじゃく》でグラスに注いで、ちびちびと飲み始める。

千条は少し首を傾けたが、しかし彼女がいったん黙ってしまうと、それ以上は何も答えてもらえないことはこれまでの会話でわかっているので、それ以上は言わない。

しばらくそのままの、静寂の時が過ぎた後で、テーブルの上に放り出してあったステラの携帯電話が、いつもとは違う奇妙な着信音を鳴らした。それはパトカーの警報に似ていた。緊急事態の合図だった。

「――出てよ」

ステラが命じたので、千条がそれを受けた。

「侵入警報ですね――警備システムが反応しました。何者かがあなたのアトリエに侵入した模様です」

「それはわかってんのよ――カメラの回線につながるから、内部を映し出してみなさい」

「わかりました」

千条は手早い操作で、携帯の画面に映像を出しては切り替え、出しては切り替えをすごい速度で行った。

その手が、ぴたっ、と途中で止まった。

「…………」

千条の報告が一瞬だけ遅れた。それを見て、ステラはため息をついた。彼女にもその侵入者の正体がわかったのだ。

(気が早いわね――なにもすぐに行かなくてもいいのに。それとも彼なりに、急を要する理由があるのかしら……)

彼女が心の中でそう呟いたとき、千条が顔を上げて、そして報告した。

「侵入者は伊佐俊一です。目的はあなたの資料を盗み見ることのようです――問題行動ですね」

「どうすんの、あんたらが止めても、彼はやる気みたいよ」

「では我々も止めるだけです――行動の許可を願います」

「許可? なにを」

「あなたのアトリエに僕が急行して、伊佐を取り押さえる許可を、です」

千条は無表情のままそう言った。

2

(しかし――警官だった頃は、こんなことをしても平気な性格になるとは夢にも思わなかったな)

伊佐は、アトリエHATANOという看板が控えめに掛けられている敷地内に、自分の身長よりも高い柵《さく》を、なんとか乗り越えて侵入した。

警備会社のステッカーなどは一切貼っていなかったが、それで逆に伊佐は、ここが持つ意味を悟った。

(ここは〝罠〟だ――興味を持って接近する者をあぶり出す役割があるんだろう)

まあ、自分の場合は意味がないな――どうせもう、連中は俺が興味を持っていることなんかとっくに知っているわけだからな、と伊佐は苦笑した。

ドアには鍵が掛かっていたので、窓を割って入った。警察時代に何度か見た泥棒の手口を使った。鉄棒を鍵の近くのガラス面に突き立てて穴を開け、そのまま窓の内側の鍵の留め金を回してしまうのだ。簡単に開いた。

アトリエは広かった。ガラスの素材であろう、米袋のような包みがいくつも隅の方に積み上げられていて、形や長さの違う道具がたくさん並んでいた。ガラスを溶かして柔らかくする炉もあり、伊佐は刀鍛冶《かたなかじ》を連想した。

（——そして、トポロス）

失敗作なのか作りかけなのか、ねじれたガラスの塊《かたまり》が無数に、無造作に転がっていた。

その原案スケッチのようなものは一枚もない。その代わりに伊佐は、テーブルの上に積まれている書類を一枚手にとって、顔をしかめた。

そこには難解きわまる数式が書き殴るような字でびっしりと書かれていた。見ているだけで頭痛を起こしそうだった。

（これがトポロジーとかいう高等数学の数式なのか？）

そう思い当たったが、しかし読めないことには変わりないので、伊佐はその書類を吟味せず元に戻した。

トポロスの方を眺めて、そして波多野ステラが言っていたことを想い出す。

〝たぶんそいつを創ったのは、イーミアの方よ。出来が悪かったんじゃない？　私のと比べて〟

確かに、ガラス細工や美術品のことなど何もわからない伊佐から見ても、そこにあるトポロスには二種類あるということがわかった。美しいものと、ただ変な形をしているだけのものと。

美しくない方が、数が少ない。しかもそれらはほぼ無色で、例外なく濁っていた。

その濁りはくすんだ鏡のようで、つまりは銀色に見えないこともなかった。

「……………」

伊佐はそれらを手にとって、しげしげと眺めてみた。磨《みが》いてあるわけでないので、どれも埃《ほこり》っぽく、ガラス面に指紋がつくよりも指に汚れがつく。

開いている穴から中を覗き込んでも、何もわからない。光にかざしても濁りのせいで特にそれらしい刻印は確認できない。

「……………」

伊佐はトポロスを置いて、アトリエの奥へと入っていった。生活環境も整えられていて寝室などもあるようだったが、そっちに興味はない。放置されて、薄汚れてしまっている方へと向かう。通路の一番奥にそれらしい部屋があった。ノブに手を掛けると、普通に開いた。鍵もついていたが、掛けられてはいなかった。

部屋には蜘蛛《くも》の巣がたくさん張られていた。それももう家主の蜘蛛自身もそこから離れてしまった後の、破れかけたものばかりだった。勉強机のようなデスクがひとつあり、本棚にはどうやらドイツ語や英語といった複数の言語の洋書本がずらりと並んでいた。全部数学書らしい。それにノートやファイルも多い。コンピュータの類《たぐい》は新式旧式を問わず一切なかった。すべて紙に書かれた記録ばかりだった。

デスクの上には、使っていたペンやメモ用紙などがそのまま残されていたが、どれも変色したりしていて、長い間それらに手を触れてもいなかったことが窺《うかが》われる。

メモ用紙の上に〝ステラにn領域の話をしておくこと。相互確認〟という文章が書かれているのが目に入った。女の字のようだ。書かれたのは数年前らしく、インクの線がかすれていた。

「……波多野イーミアの部屋か、ここが」

伊佐はあらためて本棚を見回して、ノートをいくつか取り出して見たが、数式ばかりだった。とても理解できない。だがその式の大半が途中でぐしゃぐしゃの線で消されているのが気になった。証明がうまく行かなかったらしい。もしくはページ一杯に、やけくそのように大きな〝?〟が式の上から書いてあったりした。

伊佐はそれらの膨大《ぼうだい》なノートの方はあきらめて、その横の端っこに置かれていた日記帳の方に手を伸ばした。

そこにも奇妙なことばかりが書かれていた。

『……いくら形にしても、求める解のためのヒントすらつかめない。完全に行き詰まってしまった。やはり生命というものは変化し続けるもので、その変数を取り入れない限り正解には近づけないということなのだろうか?』

『Dの第四予想はやはり証明できない。相互浸食作用がある状態では、固定された定数など定義することはできない。この方法は限界だ。断念せざるを得ない』

『机上《きじょう》の空論だ。なにもかも泥沼だ。Dはまだいけると信じているようだけど、私にはもう次元を上昇させていく考え方では壁に当たるとしか思えない。四次元か五次元程度で考察をやめないと、千次元方程式までいっても解決しないことになるのではないだろうか』
D、という表現があちこちに見られる。これも何かの数学記号なのだろうか?
(いや――この書き方はそうじゃないな。誰かを示しているような気がする。しかし別に隠しているわけでもないようだ。D……ダド、ダディ――父親のことか?)

伊佐は本棚の方に目を向けた。その書物の中に〝波多野悟朗《ごろう》〟という著者名がいくつかあった。

(この人物が波多野姉妹の父親なのか? この記述だと、なにかこの父親の指示で色々と研究をしているようにも捉《とら》えられるが……)

『虚数ではない。それはあり得ない。あくまで実数の空間でしか起こらないはずだ。だけど法則はどうしても見つからない。トポロスをどんな風に実測していっても、そこに同一性は何一つ見出せない……しかしあるはずなのだ。キャビネッセンスと被害者の間に共通する比率が――』

その単語が出てきて、伊佐は眼を留めた。

キャビネッセンス。

それはペイパーカットが盗んでいくものの総称である。飴玉だったり、宝くじ券だったり、バンダナだったりとそれぞれの共通要素が何もないため、便宜《べんぎ》上そう呼ばれている――。

(――もしかしてトポロスというのは、キャビネッセンスの代替《だいたい》物として造られたものなのか? 研究するために模型をつくるように、ペイパーカットに関する様々なデータを元に、高等数学で計算して導き出した形――その結果なのか?)

伊佐はテーブルの上にひとつだけ置かれている小さなトポロスに眼をやった。

(たとえるなら、心臓の模型を造って、その形から血の流れや量を計算しようという、そういう試みなんだろうか? ――だが、これは……)

伊佐はトポロスを手にとって、そして窓から差し込む光にかざした。

きらきらと空洞の内部で乱反射して、川の流れが光るときのような輝きを発した。

肝心のことがわかっていないのではないか、そんな気がしてならなかった。問題の立て方が間違っているような感じしかしない。

伊佐の直感は、彼には知る由《よし》もなかったが、かつての天文学者たちが感じた違和感と同じだった。

大地は固定されていて、星の方だけが動いているという常識、そしてその考えを絶対と決めつける教会の権威に対して、実際に星の運行を長年見続けていた者たちが感じていた違和感——〃その考えだと、なにかがずれている〃という心の声が、このときの伊佐には聞こえていたのだった。

「………」

彼はさらに日記や、ファイルの数式以外のところを何度も見返した。だが彼はそこに、予告状を内側に刻みつけているという記述を見つけることができなかった。

(波多野ステラも知らないと言っていた……もしもガラス細工の製作工程で付けられているなら、熱されてやわらかい内にハンコのように押しつける金型《かながた》が必要なはず——道具があるはずだ)

伊佐はまたアトリエの方に戻ろうとした。だがそのとき外から、

……どん、

と何かが空から庭に落ちてきたような音が響いてきた。

それだけだとなんだかわからないような音響だったが、伊佐はその瞬間、全身に緊張をみなぎらせた。

「……来たか、あいつが——」

彼にはわかっていたのだ。それが〃足音〃だということが。伊佐が必死でよじ上ってきた柵を、ただ一歩で跳躍して侵入してきたその着地音だということが。

3

ロボット探偵——。

その別名は、千条雅人の肉体的な構造とはなんら関係がない。

彼の身体の中でロボット的な要素はほとんどない。彼の中にある機械というのは、ほんの数グラム

の重さしかない電子チップだけである。以前に頭部に銃弾を喰らって、脳に重大な損傷を負って一切の怒り、憎しみ、哀しみ——あらゆる感情、精神の活動と呼べるものすべてを失った。その代わりをプログラムされたチップが補《おぎな》っている。しかしそれはしょせん、造られた反応でしかない。

生命に感情があるのは、基本的には身を守るためだ。怒ることで闘争心を高め、恐怖で危険から身を引き離す——それらはあくまでも〝生き延びるため〟である。感情に矛盾《むじゅん》が多いのは、そもそも世界が矛盾で満ちているからである。水がなければ乾いて死ぬが、溺れれば死ぬ。同じものが救いにも絶望にもなるのが世界だ。だからどんな感情にもかならずそこには〝ためらい〟がある。反応を簡単にしてしまうと、変化する事態に対応できないからだ。

——しかし千条にそんな〝ためらい〟はない。

彼にあるのは、設定された目的に向かって突き進む——それだけのために最も効率が良いと分析された行動のみを実行するプログラムだけなのだ。

「————」

彼は波多野ステラのアトリエに車で到着するやいなや、ドアから出るのとほとんど同時に跳躍、敷地内に着地した。

どん、という音が響くほどの衝撃が彼の身体に伝わる。

ふつうの人間ならば身体に負担が掛かりすぎるために無意識に抑《おさ》えている力、火事場の馬鹿力をいつでも使うことができる千条は、膝や腰に生じているはずの痛みを完全に無視し、すぐに次の行動に移った。

「……伊佐！」

無表情のまま、大声を出した。別に怒鳴っているわけではない。ただ声量だけが、スピーカーのボリュームを上げているように大きくなっているのだ。

「君は今、重大な契約違反を犯している。ただちに僕の拘束《こうそく》を受けて、サーカムに帰還したまえ」

言いながら千条は、伊佐がこじ開けたところからアトリエ内に土足で侵入した。

トポロス制作工房の中を見回す。床に残された足跡、かすかに付着した指紋などから伊佐が手に取ったり、触れたりした箇所を次々と見抜いて、そこに視線を向ける。そして分析を一瞬で終える。

「君の行動が、金銭の略取《りやくしゆ》や波多野ステラに対するストーカー行為に類するものではなく、君が近づかないようにと警告を受けた事柄に関する調査であることを確認した。僕は君に対して、レベル3以上の干渉を行ってでも取り押さえなければならなくなったが、それでも君は――」

千条の言いかけていた言葉が、途中で途切れた。

新しい状況が彼の前に現れて、それを認識するのが発声の方より優先されたのだ。

伊佐が、工房と別の部屋をつないでいる扉から、その姿を見せたのだった。

「――レベル3ってのは、相手を損傷させてでも、だったな」

落ち着いた口調で、彼は言った。

「僕の制圧下に入るのかい？」

千条が訊ねると、伊佐は首を横に振った。

「そういうわけにはいかないな」

「それでは、僕は強硬な対応をせざるを得なくなるけれど、それでもかまわないということだね」

「そいつは厄介《やつかい》だが、しかし引き下がることもできないんだよ。というのも――」

伊佐はそう言いながら、アトリエの隅《すみ》に置かれている、鉄棒のような道具類がまとめて置いてある方に向かって手を伸ばそうとした。

その瞬間、千条の身体が跳ねていた。

床を蹴る音が聞こえるか聞こえないかの内に、一瞬で伊佐の懐に入っていた。

そして、その足首がぶん、とうなりを上げて伊佐の首筋めがけて振られてきた。

「――！」

伊佐はその回し蹴りと跳び蹴りをミックスさせたような攻撃を、かろうじて腕でブロックした。

しかし、吹っ飛ばされた。

千条の身体がそのまま、その道具類の山を突き崩して、伊佐を遠くへ弾き飛ばしてしまった。

テーブルの上に投げ出されるように落ちて、伊佐はそれをぺしゃんこに押し潰してしまった。

「――ぐっ！」

胸が圧迫され、喉から空気を絞り出された。

「伊佐――君らしくもないね。こんな武器を使えば、僕に勝てるとでも思ったのかい」

千条の方も、自分の攻撃で同程度の衝撃を受けたはずなのに、けろりとしている。足下の道具類をさらに奥へと足で押しやった。

「……勝てる、とは――思っちゃいないさ」

伊佐はよろよろと起き上がる。

「おまえの強さは、誰よりも俺が知っている――」

「ならば素直に身を預けるべきだとは考えないのかな」

「残念だが、な――そうも言ってられん」

「それはまったく残念だね」

千条はそう言うなり、またしてもバネ仕掛けのように跳んできた。

伊佐はさっきと同じ軌跡を描いて襲ってきた攻撃を、今度は両腕で受けようとした。

だがその右脚の蹴りを受けとめた瞬間、今度はそれが軸になって、回り込むように左脚の蹴りが鞭《むち》のようにしなって、彼の脇腹を深く撃ち抜いた。

「――げほっ……！」

伊佐はまたしても吹っ飛ぶ。床に叩きつけられて、さらにその上を滑る。

壁に激突して、そこでやっと身体が停まった。身体中が痺れていた。

それでも伊佐は、壁に手をついて立ち上がる。

千条が、ずかずかと早足で彼の方に迫ってきた。

手が伸びてきて、伊佐の身体を摑もうとしてきたので、伊佐は反射的にその腕を両手で摑んで止めようとした。

すぐに判断ミスに気づいた。しかし遅かった。

千条はその摑まれた腕を、思いっきり横に振った。

伊佐は手から力を抜く暇もなく、そのままぶんぶん振り回された。やがてすっぽ抜けて、アトリエの反対側に投げ飛ばされる。

頭から、トポロスの失敗作が積まれた場所に突っ込んだ。

ガラスが飛び散って、辺りにきらきらと光る破片が舞い散る。

「そろそろあきらめがついたかな」

千条の声のトーンは、まったく変化しない。そこには苦渋《くじゅう》もなければ嘲笑もない。

「そいつは……無理だ」

伊佐は身体に降りかかったガラスを振り落としながらそう言った。サングラスがずれていたので、定位置に指で戻す。

そして——にやりと笑った。

「俺には理由があるからな。ここでおまえに負けないだけの理由が」

「…………」

千条は無言で伊佐に接近していく。その足が、散らばったガラスの欠片《かけら》を踏んだ。ちら、と下の方に視線を向ける。そこで伊佐が、

「おまえなら見えるはずだ——そいつの中に、変形した予告状の刻印がついているものがあるかも知れない。波多野イーミアが制作した物の中にだけあるらしい」

「…………」

「だが、さっきおまえがぶちまけてくれたあの道具類の中に、その刻印を押せるような焼き印があったか？　ちょうど鏡文字のように、反転した予告状の版下があったはずだ——なかったら、そいつは大いにおかしい話だ」

「――――」

千条は、少し首を傾げた。彼の演算回路が、先ほどの伊佐の行動の理由に別の側面を発見したのだ。

「君は――さっきあの鉄棒を取ろうとしたのは、武器を手にするためではなくて、その焼き印を見つけられるかどうか、確かめたかったと主張するのかい」

そう言われて、伊佐はさらに笑う。

「ほれほれ、別の可能性が出てきただろう――まだちょっと足りないか？」

伊佐は千条の、変化しない表情から何かを読み取っているようだった。

「今、おまえは俺を危険対象に設定しているからな、前提が厳しい……こんなものは俺が、ごまかすために言っているだけとも取れる」

「そうだね、その通りだ――それに君が僕を攻撃しようとしていたのではなかったとしても、君を拘束する理由は何一つ消えないんだ」

千条はまた接近を再開した。

伊佐は後ずさりながらも、千条のことを正面から見つめ返している。

「だが、どうしてそんなに前提が厳しいのか、という考察も始めているはずだな」

「――――」

「俺たちの任務はペイパーカットの探索のはずだ……俺が間違った方向に踏み込んでいて、それが任務の重大な妨《さまた》げになっているという前提で、おまえは動いている……俺が気にしてはいけないことに深入りして、あげくに別のヤツがやっているペイパーカット探索の妨害にすらなってしまうから、と――」

「――――」

千条は足を停めない。伊佐は後退し続けているが、そろそろ行き場がなくなる。壁際に追い詰められてしまうまで、ほとんど余裕がない。

それでも伊佐には、千条から背を向けて走り出したりする様子はない。

「……おまえはこうも思っている。どうしてこの男はここまでわかっていて、なおも我《が》を張ろうとしているのか、と……そのことの答えは見えないだろう？　分析できないはずだ。違うか？」

「違わないね、確かに」

やっと千条は答えた。

「それで、その質問をすれば、君はいつものように答えてくれるとでも言うのかい」

ここで伊佐は、その顔から笑みを消した。真顔になって、そして言った。

「答えはない」

「――――」

「みんながどこかで間違っている――俺もたぶん、なにかを見落としている。だがおまえが〝上位〟と設定されている連中は、俺よりも正しいのか？」

「――――」

「おまえはどう思うんだ、千条――今、俺とサーカムの上層部と、そして波多野一族の研究と、どれがもっとも真実に近いんだ？」

伊佐の背中が、壁際に当たった。もう下がる場所はない。追い詰められた。

「――――」

千条はなおも迫っていく。伊佐はその彼から眼を逸らさない。一度も。

「おまえはサーカムの〝備品〟なのかも知れないが、その目的は俺と同じだ――そのために考え、そのために生きているはずだ。そう、ペイパーカットの足下に喰らいつくために、戦っているはずだ」

「――――」

「今、その目的に最も近いのは、俺なのか、ヤッらなのか――その答えを千条、おまえが決めろ」

ここで伊佐は目を閉じた。千条の手が、その彼の喉元に伸びていき、容赦《ようしゃ》なく摑んだ。

ぎりぎり、と力が込められていく……そのとき。

——かちっ、

と、そのスイッチが入った。

千条雅人の脳内に埋め込まれた電子チップの、安全装置のリミッターが解けたのだ。それは緊急事態に対して、目的遂行の妨《さまた》げになる事柄をすべて排除してかまわない、という許可を自分自身に対して下す特別な仕掛けなのだった。

それこそ殺人も辞さないほどの非情な決断のみを実行する——極限モードに突入するのだ。

「…………」

千条の顔が異様に蒼白になり、その表面に血管が浮かび上がった。脳の思考領域にのみ血が集中しているのだ。

「…………」

千条は己が首を絞めて吊り上げている伊佐のことを、その見開かれた眼でじろじろと見つめている。

「——ぐ、ぐぐ……」

伊佐の口元からは、押し潰された気管から空気が漏れる音が響いている。苦悶《くもん》に満ちている。

だが——そこにはあることがない。

後悔だけは、その表情のどこにもないのだった。

千条の口が動いて、そしてとつぜん言葉を発した。

「——状況を確認。〈論理回路《ロジカルサーキット》〉を起動し、この特別な事態に対応することを決定する」

そう言ったとたんに、千条は伊佐の身体をぱっ、と離した。

伊佐は下に落ちて、床に尻を打った。

「——げほほっ……！」

喉を鳴らして、咳き込むように呼吸を再開させる。真っ赤な顔をしているのが、だんだん元に戻っていく。

「うう、くそっ——やっとか……」

そう呟きながら、千条のことを見上げる。

表情に対して一切の制御がされていないので、ま

すます機械のような顔になっている千条は、抑揚《よくよう》がまったく欠落した声で、

「君の判断が正しい可能性が、サーカム上層部の判断が正しいという仮定を十二パーセント上回ったと判断された。よってペイパーカット探索を第一とする基本原則に従い、伊佐俊一に緊急の指揮権を委《い》譲《じょう》し、その判断に従う」

と告げた。完璧に棒読みだった。

「……そいつはどうも」

伊佐は喉を撫で回しながら、立ち上がった。二、三度深呼吸をして、調子を整えてから言う。

「じゃあまず、現在の優先順位設定を標準に決定したら、いったんスイッチを切れ——その状態だと、人前に出せない」

「了解した」

そう言うなり、千条の身体が一瞬、びくん、と大きく跳ねて、そして直立不動になった。

眼をぱちぱち、と何度か瞬《まばた》きをして、そして、

「——再設定が完了しました」

と言った。

4

……その様子を、波多野ステラはアトリエ内に設置されている監視カメラ越しに見ていた。

(——イーミア、あなただったら、どう思ったのかしら)

彼女が見ている内にも、伊佐を離した千条が、今度は彼が指差す方向に進んでいって、アトリエ内をなにやら調べ始めていく。

(自分は少しでも真実に近づけたと思ったのか、それとも無駄なことばかりをして生きていたと思うのか……)

伊佐と千条は、やがてアトリエから出ていった。どうやら調べるべきことは確認してしまったようだ。

（私には、自信がない――あなたのようにはなれないわ）

誰もいなくなり、ただ荒らされたアトリエが映っているだけになったので、ステラはモニターの回線を閉じた。

するとそれを待っていたかのように、その携帯端末が通信の着信を告げた。

びくっ、と彼女の身体が強張《こわば》った。その連絡が嫌で嫌で仕方がない、という顔になった。

しかし、やがてあきらめたようにその通話に出た。

〝――今のは、誰だ……？〟

ガラガラと掠《かす》れた、しわがれ声が聞こえてきた。なんの挨拶も前置きもない。名乗りもしない。自分が疑問に思うことには即座に回答がなされるべきだという頑固さが声にも滲《にじ》んでいる。

ステラはその声を聞くのは三年ぶりだった。だがひとつも懐かしくない。嫌悪感を抑えるのが精一杯だった。

「サーカム財団の男です、父さん《ダド》」

〝トポロスの内側にあった刻印というのは、なんの話だ〟

「……東澱時雄がトポロスを持っていって、大学などの施設を使って調べさせたらそういうものが出てきたということです」

〝イーミアが造ったものか？〟

「だと思いますが、詳細は不明です」

〝イーミアの報告書には、そんなものは記載されていなかった――あいつが正気を失ってからのものか？〟

冷たい声でそう言った。自分の娘が施設に入ったことを語るにしては、それはあまりにも感情のない声だった。

「…………」

ステラの眉間に深い皺が刻まれて、噛みしめられた奥歯がぎりり、と鳴った。

「――私は知りません」
絞り出すようにそれだけ言うのがやっとだった。
〃そのトポロスは東澱が持っているのか？　おまえ、それを持ってこい〃
「どこにあるのか、わかりません」
そう抗議したが、相手は聞く耳を持たずに、
〃すぐに来い――今日中にだ〃
と一方的に言いつけて、そして通話も切れてしまった。
「…………」
ステラの身体がぶるぶると震え出し、そして彼女は携帯端末を壁に向かって投げつけた。頑丈なそれは壊れもせずに跳ね返って、床に落ちた。
「――くそったれ！　この……！」
彼女はしばらく、ホテルの室内をうろうろと動き回っていたが、やがてため息をついてホテルの電話の方を取った。
外線につないで、そして番号を押した。
しばらく呼び出し音が続いた。彼女はそのままずっとそれを聞いていたが、たっぷり一分以上経過した後で、やっと、
〃――どうした、波多野〃
という男の声が聞こえてきた。
「悪いわね、時雄――」
〃ホテルの回線を使った理由はなんだ？〃
その言葉は、東澱時雄がそのホテルからの電話が、彼女が泊まっている部屋からのものであるということを探知していることを示していた。それを探るために一分の時間が掛かったということなのだ。
みんながこのふたりの関係を邪推《じゃすい》しているが、それも無理のないことだった。ステラ自身も、時雄が自分に対して何を期待しているのか、まったくわからないのだった。ビジネスパートナーとしてはあまりにも釣り合いが取れず、彼女が深く関わっていることには時雄は大して興味を持っていない。
「いや、深い意味はないんだけど、強《し》いて言うなら

私にやましいところはない、ってアピールかしら」

本当は、直前に父親と話した携帯をすぐには使いたくなかったという、本人にもよくわからない潔癖性のためであった。

〝ふむ――〟

時雄は納得したのか、していないのか、なんとも曖昧なうなずき方をした。

「それでさあ、あなた――ウチからトポロスを一個、勝手に持っていったでしょ？　あれ、返してくれないかしら」

ステラはできるだけ軽い調子に聞こえるように言った。

するとかすかに笑い声が聞こえた。

〝ああ――サーカムの伊佐くんが君のところに行ったか〟

それは黙って人のものを拝借した者の口調ではなかった。まったく後ろめたさを感じていないようだ。


「なんか裏でこそこそやってるみたいだけどさ、もう妹さんとの駆け引き自体は終わったんでしょ？持っててもしょうがないと思うんだけど」

〝急いでいるみたいだな。なにか訳でもあるのか〟

時雄の訊き方も、実にさりげない。何を考えて質問しているのか、まったく読めない。足元を見ているのか、それとも単なる好奇心なのか。

〝あれはイーミアさんの制作だろう。あんなに鬱陶《うっとう》しがっていた姉の、形見が欲しくなったのかな〟

「……なんでもいいでしょ。とにかく手元に戻したいのよ」

彼女はイライラしてきた。

「あなたはペイパーカットには関心がないんでしょ？　もっと高く売れるはずの、出来のいいトポロスと交換してもいいからさ」

〝ふむ――〟

時雄が何かを考えている気配が伝わってきて、ステラは不安をかきたてられる。

彼が何かを考えるときは大抵、ろくでもないことしか考えていないのだ。何を切り捨てようか、と色々なことを秤《はかり》に掛けているのだ。

「あのさ――」

とステラが言おうとしたところで、時雄はいきなり、

〝ではこれから会おうじゃないか〟

と提案してきた。

「え？」

〝私が持っていこう。その方が早い〟

それは実にさりげない口調であった。

「あなたが？　直接出てくるっていうの？」

ステラは自分の耳が信じられなかった。

*

……伊佐はふたたび自分の相棒となった千条と共に、波多野ステラのアトリエから外に出てきた。

もう柵をよじ登るのも馬鹿馬鹿しいので、庭を歩いて正面入り口の方に回る。門の鍵は千条がステラから借りてきていたので持っていた。入るときには使わなかったが。

「それで伊佐、これからどうするんだい」

「気になるのは、波多野イーミアに指示を出していた、波多野悟朗という人物だな……会う必要があると思う。ステラに頼んでみよう」

「その人が鍵を握っているのかい」

「いや、その逆だ――おそらく彼は間違っている。それを注意しないと、また袋小路に塡《はま》ってしまうだろう。説得して、方針を変えてもらわないと――」

伊佐たちはそんな会話を交わしつつ、乗ってきた車を停めてあるアトリエの裏手の方にやって来た。いつもならば二人は同じ車で移動するのだが、今日はここに別々に来たので、車も二台ある。

彼と千条が取っ組み合っていた工房が、柵の向こう側に見える。散らかり放題になったままなので、

思わず苦笑する。

そのとき、ふとその中央に、ぽつん、と何かが落ちていることに気づいた。

(……ん?)

床の真ん中に、一本の白い薔薇が置かれている。

(……あんなもの、あそこにあったか……?)

ひどく目立つのに、その場に立っていたときには気がつかなかったとでもいうのだろうか――何か嫌な感じがした。

「…………」

彼が少しの間立ちすくんでいる間に、千条は自分の車の方に行ってしまって、乗り込んでいる。

「伊佐、どうかしたのかい」

そう呼びかけられて、伊佐は、

「いや――なんでもない」

と答えて、車に乗り込んだ。どちらにせよ何かが起こりつつあるとしたら、

(もう手遅れかも知れない……)

と、心の中で覚悟をしながら。

CUT/7.
Tokio Higasiori

でも君はきっと、いつのまにか
ぼくのことを嫌いになるんだろう
——みなもと雫〈バタフライ・ドリーム〉

1

キャビネッセンス――とは、いったいなんなのか。

波多野ステラはホテルの部屋で、ここに直に来ると言った東澱時雄を待ちながら、そのことを考えていた。

（生命と同じだけの価値があるもの――って、そもそもなんなのよ……？　どういう風に価値があるっていうの？）

本人が大切だと思っているもの、というには、それはなんだかあまりにも漠然としている。

彼女の父親、波多野悟朗はずっと昔からその研究をしているという。どれくらい前からその存在が確認されているのか、ステラは正確には知らないが、彼女が生まれる前から研究は続いているという……。

（ペイパーカットは――そんなに長い間、ずっと予告状を送り続け、人を殺し続けているのかしら。それとも一人じゃなくて、代替わりをしているの――？）

訳がわからなくなってくる。頭が混乱する。今まではそのことについてできるだけ考えないようにしてきたのだが――。

「……くそっ、結局逃げらんないのかな……」

ホテルの部屋で一人きり、彼女はベッドに腰を下ろしてうつむいている。

彼女とイーミアは、父親が考えついた方程式を基にして、トポロスの立体を造ることを仕事にさせられていた。それがなんの役に立つのか、ステラは真剣に考えず、ただ面白い形ができることを楽しんでいただけであったが、イーミアの方はもっと真剣だった。彼女は父親の知性を崇拝していた。

父が属しているのが如何《いか》なる機構なのか、それもステラは正確には知らない。知りたくもないし、それに入りたいとも思わない。

彼女たちの作業そのものは、数年前に打ち切られた。なんの成果も上げられなかったのと、イーミアが薬物中毒で作業不能になってしまったからだ。ステラは今でもトポロスを造ってはいるが、これは彼女がオリジナルで制作しているもので、研究とは関係がない。父の数式には基づいていない。ただざんざん造らされたので、数式のイメージが頭にこびりついている。それを基にしていると言えばその通りで、だから彼女は自分だけで創り上げているという感覚は今もない。

(私は、アーティストではない……ただ出来損ないのコピーを造っているだけだ。俗受けするわかりやすい演出を加えたりして……金のために)

うなだれている彼女の肩は、小刻みに震えている。

トポロスを売り物にすることには、特に反対されなかった。その儲《もう》けで自活するのならもう生活費は出さないと言われただけだ。父から離れられるのなら、そんなものは喜んで受け入れられた。最初こそ貧乏だったが、時雄と知り合ってからは順調に行っている。

(しかし、なんの価値があるのか――私の人生を象徴するような、そんなキャビネッセンスなんか存在するのか?)

人生に価値がないのに、同じだけの価値があるものと言われても、ひたすら茫漠《ぼうばく》とするだけだ。

それとも――

(だから、どうでもいいようなものばかりが盗まれるのだろうか……そう、生命には、平等に価値がないから……)

そう考えて、思わず身震いした。それは恐ろしい考えだった。なんのために生きているのか、まったく見えなくなるような発想だった。

彼女の姉はよく言っていた。

〝ステラ、余計なことは考えなくていいのよ。私た

ちは偉大なことに関わっているのだから、その義務を果たすことだけを考えていればいいのよ〃

しかし、その彼女も今はいない。生きてはいない。

(イーミア、あなたはたぶん、ペイパーカットに殺されたのだとしたらむしろ本望なんでしょう？　だったらいいのにね――人生をそれに賭けていたのだから。でも違うんでしょう？　私にはそうとしか思えない――私たちは、ペイパーカットに無視されてしまったのだから)

そう思うとたまらない気持ちになる。トポロスを創るために、ややこしい数式を理解できるように必死で勉強し、ガラス工芸を学び、その重労働にへとへとになり、気持ちをどんどんすり減らしていって、あげくには精神に破綻《はたん》をきたしてしまった。

なんのために頑張っているのか。それがわからなくなって、なにもかもを失ってしまったのだ。

(伊佐俊一――彼もそうなんだろうか。あの人もいずれは、イーミアのようになってしまうのか)

彼女は〃そこ〃から逃げてきた。過酷な人生を引き受けることを拒絶して、もっと安心できる世界で生きたいと願った。そしてそれは、おそらくは時雄も同じだ。彼も東澱一族にあって、その跡継《あとつ》ぎという重責を引き受けつつも、どこかで身軽になりたがっている。

〃父親か。おたがい父親には苦労をさせられるな〃

時雄が初対面の時に、いきなり彼女にそう言ったことが想い出される。それはトポロスの売り込みに東澱が関係している会社に出向いたときの話だった。ろくに話もしない内にそう言われたので、彼女は驚いたものだった。

(あの人は――人の話をすこし聞いただけで、すぐにその人物像を理解してしまう……なんだろう、あれは)

他人の顔色をうかがうことに関して、あんなにも鋭敏な人間を彼女は他に知らない。しかも自分がそれを悟っていることを、相手には悟らせないのだ。

彼女の父親はたしかに知性はあるかも知れないが、他人の想いなどはほとんど無視している。時雄は言ってみれば、その真逆だった。知性の大半を、他人の考えを知ることに費《つい》やしている。

ふつうは反対のような気がする。名家の長男として生まれて、望むものはなんでも与えられて成長してきたはずの彼なら、傍若無人《ぼうじゃくぶじん》で天真爛漫《てんしんらんまん》なお坊ちゃんになっていてもおかしくないはずだ。それが——なんであんな風に、なんにでもワンクッション置いて接するような性格になったのだろう。彼女は会ったことはないが、むしろ次男の壬敦の方が脳天気な印象の男だという。これも逆な気がする。おっとり長男にしっかり者の次男、という方が自然な感じであろう。

とにかく時雄は、喜びも哀しみも全部、間に何かを挟まないと気が済まないかのようだ。

(それなのに——今回は直にやってくる？　どういうことなの？)

いつもならば彼女の方が会いに行き、しかも途中であの漆原という女史が出てきて、予定が変更になったとか言って、約束とは別の場所に連れて行かれるのが常なのだ。

(東澱一族の中で、なにかが起こっているんだろうか——私を通して、父の機構に接触を図る必要が出てきた、とか？　いや、それにしても——)

彼女があれこれと頭を悩ませていると、ドアにノックの音が響いた。びくっ、とあわててベッドから立ち上がった。

予定の時間よりもだいぶ早いが、なにしろイレギュラーな状況だ。彼女は大して考えもせずにドアを開けた。

すると——そこに立っていたのは時雄ではなかった。

覆面を付けて顔のわからない男たちが、彼女の胸を乱暴に突き飛ばして、部屋の中に上がり込んできた。

「な……！」

それは三人組の男たちだった。身体の動き方などに暴力のにおいが染みついている、ヤクザと思われる者たちだった。

しかし——最後に入ってきた一人だけが、なんだかおどおどとした動作である。やたらに痩せていて、そいつだけ迫力がない。

「おい、女——言うことを素直に聞けば、危害は加えないでおいてやる」

先頭の男が凄《すご》みを利かせてそう話しかけてきたが、ステラは茫然として最後尾の頼りなさげな男ばかりを見ていた。そして彼女はぽつりと呟いた。

「——諸三谷さん？」

そう、その男の体つきや動きには見覚えがあったのだ。

「あなた、諸三谷さんでしょう？　何してるの？」

言われた覆面は、びくっ、と身体を竦《すく》ませた。

そう、その三人組は杉山と原田、そして諸三谷吉郎なのだった。

2

……この状況を打破しなければ。

その一念で昨日、吉郎は勇気を奮《ふる》い起こしてヤクザの二人組の前に自ら姿を現した。

「ど、どうも——」

孤児たちが暮らしている蝶風寮の裏庭で、吉郎は隠れて見張っていた杉山たちにそう声を掛けた。

「いい度胸だな、あんた」

杉山はニヤニヤしているが、後ろの原田はあからさまな威嚇《いかく》の表情で睨みつけてくる。

「まあ、俺たちも別にあんたを痛めつけろとかは言われてないから、やり合う理由はないんだよな」

そう言いながらも基本的に、喧嘩腰の態度であるのは彼らに染みついた習性のためであろうか。

「あなた方は、東澱時雄と敵対する人たちなんですか？」

吉郎は震えながらも、まずそう切り出した。すると予想通り、二人はうなずいて、

「東澱をやっちまえと頼まれているんだよ、俺たちは」

と不敵に言い放った。

「ならば私たちは協力しあえるはずです」

「ほほう？」

「私は、東澱に関係した情報を色々と持っているんです。知りたいでしょう？　教えてもかまいませんよ」

「そりゃありがたいが、おまえの方はそんなことをして何の得があるんだ？」

「私は……」

吉郎はごくり、と生唾《なまつば》を呑み込んでから言った。

「私も東澱には色々と思うところがあるんですよ」

「あんた、ヤツらの手下だったんだろ？　なんだ、恨みでもあるのか」

「まあ、そんなところですよ」

嘘である。

彼は東澱時雄には恩義こそあれ、恨みなどこれっぽっちも持っていない。

だが、彼が考えていることを実現するためには、時雄には少しばかり弱い立場になってもらわなければ困るのだ。

妹の病気を治せるところを、あの病院以外で探すとなると東澱の協力が不可欠である。マスコミを巻き込むにしても、彼が勝手にそんなことをしたら時雄に妨害されるのは必然だが、時雄の方が進んで手伝ってくれればその問題は解消する。

（時雄様に、イメージアップ戦略でもなんでもいい。とにかく真琴のために力を貸したくなるような状況を作らなければ……）

彼はとにかく、目立ちたがらない。しかしそうも言っていられない事態に彼を巻き込めば動かざるを

得ないだろう――。

（波多野さんには、その犠牲になってもらうしかない。そもそも僕が疑われたのは、あの人のお姉さんの死が始まりなのだから……）

　彼は、この目の前のヤクザたちが何者なのか、見当がついていた。東澱と敵対している企業や団体は多い。隙《すき》あらば足を引っ張ろうという者たちばかりなのだ。その中のどれかに頼まれたヤツらであろう。

（欲しいのは金とコネといったところ――そのどちらも、東澱の方が確実に供与できる。適当に利用したら、後で寝返らせればいい）

　そんなことを企《たくら》みながら、吉郎は二人に連れられて、蝶風寮からこっそりと離れた。

（しかし、気になるのは――）

　彼を助けてくれたここの安藤という先生と、志穂という少女、そして身よりのない子供たちのことが頭をよぎった。彼らは時雄に命じられて、吉郎を確保していなければならなかったはずだ。逃げられてしまっては問題になるかも知れない。時雄の支援で成り立っているこの施設の存続にさえ関わることになるかも知れない……。

（いや、だがやむを得ないことなんだ――）

　吉郎は頭を振って、その想いを頭から振り払った。

「波多野ステラという女が泊まっているホテルを知っています。そこを見張っていれば、必ず何かが引っかかります」

　吉郎の言葉に従い、三人組は同じホテルに入り込んだ。

「おい、手伝え」

　と杉山がホテルに備え付けの電話をいじりだしたので、吉郎は眼を丸くした。他の部屋の電話を盗聴できるようにするというのだ。

「そんな技術もあるんですか？」

「今時のヤクザじゃ珍しくもねえワザだよ」

原田が自慢げに言う。

「保険屋なんぞが想像もできねえことをしてるんだよ、俺たちは」

「はあ……」

杉山が電話をひっくり返して、何やら機械を取り付け始める。吉郎も言われるままに、あれを取れ、ここを押さえろ、という指示に従う。どうやら原田は不器用らしくて、舎弟のくせに何もしようとしない。役割分担がしっかりしているようだ。

吉郎は、この男たちはどこまでやる気なのか、それを見極めたかった。

「あなた方に東澱を、その〝やってしまえ〟と依頼してきたのは誰なんですか？」

「誰だっていいだろう。おまえには関係のねえことだよ」

機械をいじりながら、杉山がぶっきらぼうにそう言う。

「その、具体的にお金とかはもらったんですか？」

「ああ。もう前金でな。成功すればさらに出すと言ってるよ」

「おまえ、分け前が欲しいとか言い出すんじゃねえだろうな」

原田が凄んできた。吉郎はとんでもない、という顔をしてみせて、

「いや――あなた方からはもらえませんけど、その黒幕さんたちとは取引できそうじゃないですか」

と言って誘導してみた。

「なんでしたら、あなた方にさらに金を出すように言うこともできると思いますよ」

「ほほう、そういうのが得意か、あんた」

「そりゃもう、やたらと契約ばかり結んでいますから。交渉は慣れたものですよ」

これは嘘ではない。実際に自信がある。しかし杉山はこれに乗ってくることもなく、

「あんたが実際に、そのイーミアって女を殺《ばら》したの

か？」

といきなり訊いてきた。

「いえいえ、とんでもないです——濡《ぬ》れ衣《ぎぬ》ですよ」

「じゃあ、誰が殺したんだ？」

「私は知りませんよ」

「ふん——そうかい」

杉山は冷たい眼つきをしている。蛇のような眼だ、と吉郎は思った。

「東澱の情婦《イロ》なんだろ、イーミアってのは」

原田が見当外れのことを言ったので、吉郎は違いますと否定した。

「恋人なのは今見張っているステラさんの方ですよ」

「双子でおんなじ顔してんだろ？　あれか、二人一緒に可愛がってたのかよ、その時雄っつー金持ちは」

下品にげらげら笑った。吉郎には耐え難い粗雑さだった。嫌悪感で吐き気がしてきたが、それを面《おもて》に出すこともできない。

「俺の考えだと、つまるとこ時雄が女に毒を盛ったんだろうよ」

原田は調子に乗って自説を展開しはじめた。

「要は女が邪魔になったんだよ。それで妹の展覧会に死体を放り込んで、騒ぎにして、どっちの女とも切れようってハラだったんだよ」

「それは——無理があるでしょう」

さすがにそう口を挟んだら、睨まれた。

「なんだあ、法律野郎は俺の考えがお気に召さないって言うのかい」

「い、いやそうじゃなくてですね——」

「原田、そのへんにしとけ」

杉山が作業しながら注意した。

「そんな話じゃねえってのは確かだ。だが女が死んだことで、東澱のスキャンダルに発展しそうだってのは正しい。そうだろ、諸三谷さん」

「は、はい。そうでしょうね——」

「俺たちの金づるの方も、その辺を狙ってんだろう。それで東瀏を追い落としてやろうってな」

言われても、原田はどうも前後関係が理解できないようで首をひねっていたが、すぐに考えるのをやめて、投げやり気味に言った。

「まあ、難しいことは兄貴に任せるわ。だがその青白い野郎には舐《な》められるわけにはいかねえからな。おい、わかってんだろうな」

「承知していますよ――」

吉郎が恐縮した顔をしてみせると、原田は満足そうにうなずいた。

「わかりゃあいいんだよ」

まったく粗雑な男だ。吉郎はこみあげてくる怒りを抑えるのが困難になってきた。だがここでこいつらに怪しまれたらすべてが台無しだ。

（真琴のためなんだ、我慢だ、我慢――）

心の中で必死に、何度も何度もそう唱《とな》える。今までの人生でも、つらいことや厳しいことがある度に、そうやって言い聞かせてきたのだ。

杉山が作業を終えて、その電話であちこちの通話を盗聴し始めた。どうやらすべての部屋の通話を聴けるらしいが、すぐに、ちっ、と舌打ちして、

「駄目だな、こりゃあ――みんな携帯電話を使いやがるからな」

わかりきったことを言う。それでも大して怒った様子もなく、杉山は吉郎に向かって、

「まあ、女の部屋からどこかに通話しようとしたら、ここにも掛かってくるからすぐに出ろよ」

と命じて、自分はベッドの上にごろりと横になる。

「え？」

「だから、チェックアウトの時には下に話をするだろう。出ていくときがわかる」

「あ、ああ――なるほど。それで……」

「兄貴がキレ者だって、これでわかっただろう」

原田が自分のことのように威張った。

「兄貴はすげえんだぜ。身体の中にまだ撃ち合いをしたときの弾丸が残ってんだ」

「はあ……」

ヤクザの自慢する基準が、吉郎にはよくわからない。しかし原田が杉山を尊敬しているのはよくわかった。子供のように崇拝しているのだ。杉山さえ説得してしまえば、こいつはどうにでもなるな、と吉郎は考えた。

「…………」

杉山はそんな吉郎の思惑など無視するかのように、高鼾《たかいびき》をかきはじめた。原田はホテルの冷蔵庫を開けてビールを飲みだした。いい気なものだな、こいつら——と吉郎はまた苛立ちを感じたが、なんとかこらえた。

視線を二人から逸らして、ホテルの室内を眺めた。

(——ん?)

そのとき、吉郎の眼に奇妙な物が映った。

ホテルの床の隅に、紙屑《かみくず》のような物が落ちている——と思ったら、それは白い薔薇だったのだ。

一本だけ、ぽつん——と置かれている。

(なんだ、あれ……?)

前の客が忘れていったのだろうか。しかしそんなものは掃除のときに捨てられてしまうはずで——。

「…………」

光の加減か、その薔薇がなんだか金属色に見えて、そしてふと、あの男が言っていた言葉が頭をよぎった。

〝自分の生命の意味を、自分で知っている者でなければ、銀色には見えない〟

どうしてそんなことを急に想い出したのか、吉郎は不思議な気分にとらわれていた。この薔薇はしるしで、なんだか自分は知らず知らずに、誰かが敷いたそのしるしの上を、道順をなぞっているような気がしたのだ。そしてこの翌日、大して重要視していなかった電話の盗聴で東瀬時雄がここに来るというとんでもない情報が入ってしまったときにも、吉郎はこの際の気分が続いたままだった。

3

「――黙ってろ、余計なことは言うな……！」

覆面を付けた杉山は、諸三谷吉郎の方ばかりを見ているステラを小声で脅《おど》しつけた。しかしステラは大して怯《おび》えた様子もなく、

「……何やってんのよ、あなたは――」

と呆《あき》れたような口調で、諸三谷に向かってなおも呟くように言った。

「――違う」

吉郎はもごもごと声を変えてそう言ってはみたが、無駄だということは自分でもわかっていた。

「おい、黙ってろって言ったんだぜ」

原田が拳銃を抜いて、ステラの顔に押しつけて威《い》嚇《かく》した。ステラはやや強張《こわば》った顔になったが、それでもひるまない。

「なんの用なのよ？　言っておくけど、財産なんかないわよ。展覧会が失敗して、借金を抱えそうなんだから」

「おまえに用はねえ。俺たちの目的は東瀬時雄ってヤツだ」

杉山がそう言うと、ステラは、ああ、と天井を振り仰《あお》いで嘆息した。

「――嫌な予感はしたのよ。やっぱりそういうことだったのね」

「おとなしくしていれば、おまえを痛めつけたりはしねえから安心しろ。しかし、変な真似をしたら、おまえの瞼《まぶた》を切り取る。瞼を切っちまうと人間、どういう顔になるか知っているか？」

杉山はむしろ淡々とした口調で言った。こういうことに慣れた男だった。

「…………」

ステラは憮然とした顔で、無言である。杉山たちは彼女を部屋の奥に連れていって、ベッドの上に座らせた。

吉郎はどうも彼女のことを直視できずに、ちらちらと横目で見ることしかできない。あまりにも情報が急に入ったので、ろくに考えられもせずに、覆面などというろくでもない方法でごまかせるかとか思ってしまったのだが、やはり無理だった。

（どうする……？　いや、こうなったら行くところまで行くしかない。取り引きするところまで持っていかないと――）

吉郎が行き場のない混乱に陥りつつあったその横で、ステラが独り言のように喋りだした。

「あるわよね――運命の悪戯《いたずら》って」

拳銃を突きつけられながら、その口調はどこか軽い。

「自分じゃそれなりに選択して、決断して、きちんと考えた結果だと思いたいんだけど、実際はただ流されているだけ、って状況、あるわよねえ、人生には」

「……？」

杉山と原田は、この女の突然の語りにややとまどい気味だ。それでも彼女はかまわずに言い続ける。

「トポロジーって数学では、とにかくあらゆる可能性を考えなきゃいけないってんで、大前提であるはずの予想問題が、しかしどうしても解けないってんで、ずっと棚上げにされ続けてきたりしてたんだけど……それが具体的に何だったかというと〝穴のあいていない宇宙では、どこに行っても必ずその通った道を後で振り返ることができる〟というものだったってんだから、訳がわからないわよね。進んでいった道の後ろに垂らしていった糸を、後でたぐり寄せれば、そいつは手元に戻ってくるはずだ、ってね――それが可能かどうか、そのことだけはなぜか、いくら計算していっても全然証明できなかったっていうのよ。あまりにも色々な可能性を考えられるようにしたもんだから、その大本《おおもと》を決めることだけができなかったって言うのよね——迷いすぎ、って感じしない？」

「何言ってんだ、おまえ？」

原田が訝《いぶか》しげに訊ねるが、彼女は誰の方にも視線を向けない。

「結局、その予想問題そのものは解明はされるんだけど、それはトポロジーよりも原始的とされる幾何学とか物理学とかの応用を山のように使って解いたもんだから、トポロジー専門の学者にはいまいち理解できなかったとかいう話で、しかもそれを解いた学者本人は、その後少しおかしくなっちゃって、世捨て人みたいに籠《こ》もりきりになっちゃったとかいう話で、やっぱり人間って、あまりにも考えすぎると訳がわからなくなるんじゃないかしら」

彼女は、ふーっ、と長いため息をついた。

「確かに、色々なものを〝これとこれには同様の性質がある〟ということはできるのかも知れない。あれもこれもみな、同じ数式で証明できることだ、って言えるのかも知れない……しかし、それをやりすぎると、袋小路に入ってしまう。そして——元には戻れなくなる。辿ってきたはずの道筋を、後で振り返ることも難しくなる——」

彼女がそこまで言ったときに、ドアがノックされる音が室内に響いた。

びくっ、と吉郎は顔を上げる。杉山はよしとうなずいて、

「来たな——女、おまえがドアを開けろ。ヤツを中に入れるぞ。妙な真似をしたら容赦《ようしゃ》なくぶっ放すからな」

彼女の腕を原田が乱暴に掴んで立ち上がらせる。そして入り口の方に連れていって、自分はドアの陰に隠れて彼女を表に立たせる。

「………」

ステラは無言で、ドアのノブに手を掛けて、それ

を一息に開いた。

同時に杉山が外に立っていた人物を強引に引きずり込んだ。

「――わっ⁉」

男の悲鳴が響いたが、すぐにドアが閉じられてそれ以上は音が広がらなかった。

ごろん、と杉山に引っ張り込まれた男は部屋の真ん中に投げ出された。その手には何やら包みが抱えられていた。

それはあの、問題のトポロスだった。しかし――

(――え?)

吉郎は茫然とした。その人物に、彼は見覚えがなかったのだ。誰だ、と思いかけて、問題はそんなところにはないことを悟る。こいつは〝彼〟ではない。それが一番の問題だった。

「……違う!」

吉郎が叫ぶと、杉山たちも驚いて彼の方を見る。

「な、なにが違うんだ?」

「この人は違う――時雄様じゃない!」

悲鳴のようにそう言った。なにい、と杉山たちも眼を剝く。

「な、なんですかあなたたちは?」

引きずり込まれた男は恐怖の表情で彼らを見上げる。

「こ、殺さないで! ひいい!」

それはどう見ても、このホテルの従業員なのだった。

「お、俺はただこの荷物を届けるようにって言われただけです――!」

必死で首を左右に、いやいやをするように振り続けている。

「な、なんだと――どういうことだ……?」

杉山たちが愕然としていると、ステラの吐息混じりの声がした。

「変だと思ってたのよ――時雄が直に来るなんて言い出したのは、さ。やっぱりそうだったわ。あんたら、彼にハメられたのよ」

「な、なにぃ？」

「あんたら、私の電話を盗聴して情報を得たんでしょ？　それで来たんでしょ？　でも時雄の方は、そのことを承知で自分が来るなんて言ったのよ。自分の来訪を餌《えさ》にして、あんたらを誘《おび》き寄せるためにね」

彼女は覆面の男のうちのひとり、諸三谷吉郎のことを正面から見つめて言った。

「今、罠に掛かっているわよ、あんたたち。どうするの、もう包囲とかされてるわよ、きっと」

「…………！」

床の上で、放り出されたままのトポロスだけが妙に、きらきらと光っている……。

CUT/8.
Naose
Higasiori

なにもわからなくなったとき
ぼくが恨むのは君かな、ぼく自身かな
——みなもと雫〈バタフライ・ドリーム〉

1

東澱奈緒瀬は、実に三年ぶりに長兄からの電話を受けた。

〝奈緒瀬よ。おまえ、手柄《てがら》を立てたくはないか〟

出し抜けにそう言われて、奈緒瀬は憮然とした顔になる。

「どういう風の吹き回しですか、お兄様」

〝波多野ステラと接触したい、と言い出したのはおまえの方だったよな——彼女の保護を、おまえに頼みたいんだ〟

「保護？」

奈緒瀬の声に警戒のニュアンスが滲《にじ》んだのだろう、時雄はかるく笑って、

〝ああ——別にペイパーカットから彼女を守れ、とか言っているんじゃない。それは無理なんだろう？もっと現実的な話だよ〟

「まるで、わたくしが普段やっていることは、地に足がついていない絵空事《えそらごと》のようだと言われているみたいですね」

〝おまえ自身もそんな風に感じているんだろう？なら嫌味《いやみ》にはならないはずだ。それでも御前《ごぜん》から命じられたことには手を抜かないのがおまえだから、真面目にやっているんだろう〟

「…………」

奈緒瀬はかすかに苛立ちを感じる。時雄と話すときは、いつもこうだ。壬敦と話しているとすぐに喧嘩になるのだが、それは他愛《たわい》のないものである。しかし時雄とは決して言い争いにはならない。いつもどこかで、決定的にはぐらかされてしまう。いくら挑発しても、絶対に乗ってこないのだ。

（第一、お爺様のことを持ち出せばわたくしが逆らいにくいことも知っていて言うし——やりにくい人だわ）

奈緒瀬は心の中でぼやいたが、もちろんそんな感

情は一切表に出さず、冷静に、
「保護ということは、彼女は狙われているのですか？　何者にですか」
〃何者かはわからない。しかし狙われているのはステラじゃなくて、私の方だ。彼女は私のために危険にさらされようとしているんだよ〃
なんの動揺もない声で、平然と言う。
「――どういうことですか？」
〃そいつらは、私が彼女のところに行くと思いこんでいるから、彼女のことを襲って私を待ち伏せしようとしているんだよ〃
「彼女を囮《おとり》に使ったんですか？」
〃ステラの方が私に不用意な連絡をしてきたんでな。せっかくなんで利用させてもらった。おまえが、まだステラの近くにいるのも何かの縁だろう〃
「……なんだかずいぶんと不愉快な話のように聞こえますけど。女を騙《だま》して利用して、敵をあぶり出したんですか？　男として恥ずかしくないんですか？」
これには奈緒瀬も素直に怒りを表明した。しかし時雄は淡々と、
〃そんな男だから、おまえも東澱の跡目を自分が継がなければという使命感が持てるというものじゃないか〃
と、ほとんど開き直りのようなことを言う。
「情けないですね、お兄様」
そう言ってみたが、しかし奈緒瀬は本心では兄の冷徹さに内心ではやや気圧《けお》されるものを感じていたのだった。自分自身に対しても平気で蔑《さげす》むようなことを言えるのは、したたかさの裏返しなのだから。
〃しかし、やるんだろう？　別に私の頼みとかは関係なく、おまえならステラを見捨てることはしない〃
断言された。奈緒瀬はさらに苛立ちを覚える。その通りだったからだ。しかし言いなりになるのも癪《しゃく》だな、と思ったところで、

〝ああ、そうそう――伊佐くんからはもう話は行っているかな。例の〈予告状〉トポロスだが。あれはステラのところに持って行かせたから、彼女が所持しているぞ〟

と言われた。奈緒瀬の眼の色が変わる。

「――なんですって!?」

〝ついでに回収してもいいぞ。どうだ、これでやる気がさらに出ただろう〟

駄目押しのように言われるが、奈緒瀬はもう苛立ったりしている余裕はなかった。横に立っている部下たちに向かって、

「今すぐに波多野ステラの身柄を押さえろ！　彼女が何者かに拘束されていたら、そいつらも制圧しろ！」

と怒鳴った。部下たちは驚いたが、即座に、

「了解しました！」

と飛び出していく。

奈緒瀬は電話の方に戻って、さらに兄から話を聞こうとしたが、そのときにはもう通話は切れていた。

「ちっ――」

舌打ちしたが、すぐに気を取り直して自らもステラの保護に向かった。

＊

「…………」

通話を切った時雄はひとり、椅子の上に身を預けるように背を倒し、天井を見上げた。

殺風景な部屋は、彼の隠れ家のひとつだ。電話が何台も置いてあり、そのどれもが別の場所、別の会社の所有物ということになっている。彼の名前で登録されているものは何一つない。

この部屋に彼のものは何もない。

「…………」

しばらく時雄は無言でいたが、やがてかすかな声

で呟いた。

「――おまえが最初に生まれていれば良かったんだ、奈緒瀬――おまえを〝お姉さん〟と呼んで頼りにできれば、どんなに楽だろうと思うよ……」

指先で、眉間を揉《も》みしだく。その動作には疲れた気配がある。

彼は酒も煙草もやらないので、部屋には気分を鎮《しず》めるようなものも何もない。

そのまましばらく、彼は動かなかった。

やがて手だけがゆっくりとした動きでデスクの上にある受話器のひとつを取って、口元に持っていく。

「――私だ」

彼がそういうと、電話口の向こうから〝はい〟と緊張した声が即座に帰ってきた。

「漆原くん、少し手伝ってくれ――通常の業務とは離れたところで、処理しなければならない懸案事項がある」

〝は、はい。なんなりと〟

「よろしい。目立たないように、街の区画をひとつ完全に包囲してもらいたい。住宅街の中だ」

〝区画、ですか？　はい、可能ですが――理由を訊ねてもよろしいでしょうか？〟

「なに、大した理由じゃない。ただ――今回の件の〝犯人〟がわかったというだけのことだ」

投げやり気味に、時雄はそう言った。

2

「くそっ、出るしかねえ！」

杉山がそう言うと、原田がステラの腕を乱暴に掴み上げた。

「てめえも来るんだよ、人質だ！」

ステラは逆らう様子もなく、そのまま連れ出される。

「あ、ああ――」

吉郎はどうしていいかわからない。しかしこのままここに留《とど》まることもできない。

仕方なく、彼も原田たちの後をついていった。

杉山は床に放り出されていたトポロスに眼をやり、

（こいつはなんだ、金目の物か？　——ついでに持っていくか）

と、そのガラス細工を鷲摑《わしづか》みにして、自分も外に出た。廊下を通って、エレベーターを呼んでぼけっと待っている原田たちに、

「馬鹿野郎！　階段で下りるんだよ！」

と怒鳴った。エレベーターでは到着したときに待ち伏せしてくださいと言っているようなものだし、途中で停められたらもう行き場がなくなってしまうからだ。

四人は非常階段を下り始めた。

だが一階に着いたら、ロビーを通る際にどうしても人目につかざるを得ない。


原田がステラの喉元に拳銃を突きつけて、そのままフロアーを強行突破する。

「みんな動くんじゃねえ！　下手な真似すると、この女の脳天ブチ抜いてやるからな！」

ホテルに居合わせた者たちは、悲鳴を上げて後ずさる。

「動くな、動くなよ——」

杉山も銃をかまえて、辺りに向けて威嚇《いかく》する。吉郎はビクビクしながらも、その後をついていくしかない。

そのとき、彼らの背後でエレベーターが上から降りてきて、ちん、と停まった。

はっと振り向いた杉山の眼に、そこからわらわらと出てくる黒服の男たちの姿が飛び込んできた。奈緒瀬の警護役たちだった。

それと同時に、ホテルの入り口からも男たちが入ってきて、四人を挟み撃ちにした。

「——くそっ！」

杉山がそいつらに拳銃を向けると、男たちはさっ、と物陰に素早く入った。

「——どうします？」

「この場では我々は発砲できない。人目がありすぎるし、流れ弾が無関係の者に当たらないとも限らない。やつらをいったん外に出せ」

「駐車場には長山《ながやま》たちが待機しています」

「隠れているように命じろ」

「わかりました」

奈緒瀬の部下たちは冷静だった。彼らは杉山たちの正体を知らなかったが、それでも彼らがヤクザに類する者たちであって、しかも支援がないということをその動きから見抜いていた。焦る必要はないと判断したのだ。それに確保するように言われているトポロスはガラス製品で、乱暴に扱えば壊れてしまうだろう。じっくりと取り囲んで確実に取り押さえるのが最善だとして、彼らは行動に入った。


「くそっ、この野郎ども！　動くな、動くなよ……！」

ステラを人質に取りながら、三人組はホテルの外へと出た。隣接する駐車場に彼らは車を置いていたのだ。それで逃亡しようとしていた。

杉山と原田に挟まれるようにして、吉郎も進んでいく。

「……ううう」

彼の覆面の下の顔からは苦渋《くじゅう》が滲み出ていた。

そしてそんな彼を、ステラがじっと見つめ続けていることに気づいて、はっとなった。

彼女の眼は、不思議そうな表情を浮かべていた。

なんでこの人は、こんなことをしているのだろう、と——自分の身に降りかかっているこの災難よりも、その疑問の方が重要な問題であるかのような、そんな表情をしていた。

（なんで——）

吉郎は頭の中でぐるぐると、何かが回っているような気がしていた。

それは見る角度によって、まったく違う形に見えて、ひとつの物だとはとても思えないのだった。

さっきまでは〝こういうものか〟と思っていたのに、今はまるっきり別のものにしか見えない。棒だと思っていた物が、箱のように見えたり、生き物のように見えたりするようだった。錯覚の上に錯覚が重なって、最初に見えていたのがなんだったのか、よく思い出せなくなってきていた。

(どうして――)

吉郎は思わず、ステラから視線を逸らした。

するとでたらめな方向に流れていった視線の先で何かが、さっ、と動いた。

それは人影だった。

潜《ひそ》んでいる奈緒瀬の部下が、彼らの死角から死角へと移動していたのだ。それが偶然目に入ったのである。

(あれは――)

吉郎が茫然と立ちすくんでしまったので、杉山が「もたもたすんな!」と後ろから蹴飛ばした。

つんのめってしまい、ステラにぶつかってしまう。するとちょうど彼女の腕を掴みながら、反対の手で車のキーを取り出そうとしていた原田がバランスを崩して、よろけ、彼女から手を離してしまった。

そのとたん、ステラが急に動いた。

それまでまったく力など入れずに、逆らわずについてきていた彼女がその瞬間、押さえていたバネを離したように、いきなり逃げ出したのだ。

「――あっ!」

吉郎が叫んだのは、そのステラに向かって原田があわてて銃を向けようとしたからだった。

彼はそのとき、何も考えていなかった。あまりにも悩みすぎていた頭では何の判断力もなかったからだ。

彼は反射的に動いていた。とっさに原田の身体に向かって突進して、体当たりしていたのだった。

二人はもんどり打って倒れた。ステラがその間にも逃げていく。

「ば、馬鹿野郎！　何しやがる！」

原田は吉郎を殴りつけて、吹っ飛ばした。

そして杉山は車の反対方向に回り込んで、ステラを捕まえようとしていた。

杉山が彼女に向かって銃口を向けたが、ステラは停まらないでなおも逃げていく。

「てめえ、撃つぞ！」

杉山はその背中に向かって引き金を引いた。

弾丸は肩をかすめ、血が飛び散った。ステラはよろめいたが、なおも逃げようとする——杉山はもう一発撃とうと、狙いをつけた。

そのとき、彼の背後から奈緒瀬の部下たちが一斉に飛びかかってきた。

「——うわっ！」

杉山は体勢を崩して、半分転びながら男たちの手から逃れようとして——銃が暴発した。

ぱあん、という、爆竹《ばくちく》のような音が周囲に響いて、そして……うぐっ、という呻き声が続いた。

はっ、とそこにいた杉山と男たちは、皆その声の方を見た。

原田が、胸を押さえて茫然としていた。その手の下から、みるみる赤い鮮血が噴《ふ》き出してくる。

「あ、兄貴……？」

その口から声が漏れた直後、その唇の奥からもみるみる血が溢れ出してきた。ステラを追おうとして車の陰から出てきたところに、流れ弾が直撃したのだった。弾丸は背中から入って、胸から抜けていた。背中はただ穴が開いているだけだったが、胸の方は飛び出す際の衝撃でずたずたに裂けていた。

心臓につながる決定的な血管が何本も切れていた。脳に流れ込む血流が途絶え、意識はほとんど一瞬で失せていき、そして身体は制御を失って、がくん、と力が切れてその場に崩れ落ちた。

「……ああ」

と声を上げたのは、彼に殴り倒されていた吉郎の方だった。原田自身は、自分の身に何が起こったのか理解しないままに、死んだ。

「あああ……！」

吉郎は悲鳴を上げて、後ずさって、そして逃げ出した。

奈緒瀬の部下たちは、そっちを追うべきか、それとも杉山の確保のみに集中すべきか、一瞬だけ迷った。

そのとき、杉山が絶叫した。

「――うだらああああああああっ！」

そして拳銃を四方八方に向かって乱射した。取り押さえようとしていた男たちもさすがに後退したところを、杉山は強引に突破した。走りながら前方に向けて引き金を引きまくって、進路を無理矢理に切り開いた。

奈緒瀬の部下たちは、飛びかかることもできそうだったが、それをしたら杉山が手に持ったままのトポロスを破壊してしまう恐れがあって、手を出しかねた――だがためらったのは一瞬で、すぐに逃走するその後を追いかけていった。

そのうちの一人がその場に残って、ぜいぜいと息を切らして駐車場の隅にへたりこんでいるステラの傍《かたわ》らにやってきた。

「…………」

ステラは、瞳孔《どうこう》の焦点が定まらない眼で、ぼんやりと地面を見つめていた。

「大丈夫ですか？」

そう声を掛けられても、彼女は答えられなかった。やはり恐怖を感じていたのだな、と男が彼女の肩に手を掛けようとしたら、ステラはその手を乱暴

に振り払って、そして、

「……あれは、どっちだったっけ――」

と訳のわからないことを呟いた。その眼には恐怖というよりも、焦っているような、必死なものが光っていた。

「え？　なんですか？」

訊ねられても、ステラは反応せずにぶつぶつと呟き続けている。

「あれって……イーミアだっけ、私だっけ――どっちが創ったものだったっけ、あのトポロス……私が最初に創ったヤツに見えたけど……いや、そんなはずはない。私は刻印なんかつけていないんだから――でも、でも……」

3

「うおおおおおおおっ……！」

雄叫《おたけ》びを上げながら、杉山は走っていく。

まだ手には、生々しい実感が残っていた。あの暴発した引き金を引いた感触だけが、いつまでも消えない。さっきの乱射はがむしゃらに逃げるためというよりも、その感触を消し去るために、さらに発射することで手を痺れさせて誤魔化《ごまか》すためだった。

だが、駄目だった。

いくら撃っても、そのときの感触だけしか残らず、それは身体の奥深くに染み込んで、消えない。

「うがががが あっ……！」

叫ぶ声がだんだん掠《かす》れていく。すると耳に他の音も入ってくる。だがそれは現実の音ではなく〝兄貴……？〟という、原田が洩らしたあの声の幻聴《げんちょう》ばかりなのだった。

はじめて――そんな感じがした。

そんな馬鹿な、とも思う。今までだって何度もやってきたことだ。日本人も、外人も、老人も、まだ若い十代のガキも、何人もやってきたはずだ。

だが、それでも――初めてのような気がした。

(はじめて――人を殺したのか……?)

その印象ばかりが、心の中で大きくなっていく。

今まで、彼は相手のことを人間だとは思っていなかったのだ、ということが理解できた。相手は憎むべき敵であり、目障《めざわ》りな障害であり、邪魔なゴミに過ぎなかった。しかし今度は違った。それは彼にとって、唯一の味方であり、頼れる舎弟であり、心を許せる友人でさえあった。肉親からも屑《くず》呼ばわりされて勘当《かんどう》されている彼にとっては、原田は家族も同然であった。

それが、いなくなってしまった。

彼が撃ち殺したのだ。

自分の手で、自分がもっとも必要としている者をこの世から消し去ってしまったのだ。

(原田を……あいつを、人間を……)

人間が人間を殺す、という行為が如何に不自然で、とんでもなく激しいストレスを精神にもたらすものか、その事実を彼はやっと悟っていたのだった。彼にそのことを気づかせなかったのは、ヤクザ社会という歪《ゆが》んだ現実だったが、もはやその防壁は完全に崩れ去り、ただ重圧と後悔だけが津波のように彼の心に押し寄せてくるばかりだった。

今まで殺してきた人間たちが、一斉に彼を責め立てているような気さえした。

彼は自分が撃たれたときのことを想い出した。そうだ、あのときはしょうがなかった。やらなければやられていたからだ。そうとも、今回のことだってその延長にあることだ。それ以上の意味なんかないのだ。やむを得ないことなのだ――

「しょうがねえ、しょうがねえんだよ原田、そうなんだ――その証拠に、俺ん中にゃ、まだ――」

ぜいぜいと喉を鳴らしながら、杉山は呻きつつ走り続ける。

路地を曲がり、塀をよじ登り、段差を飛び降り、懸命に逃げていく。

だがどこに逃げようというのか、自分でもわかっていない。

それでも追っ手の足音が、とりあえず聞こえないところまで来て——それは単に、彼が地形的に追い詰められたからだということには思い至らず——杉山はやっと停まった。

「——はあっ、はあっ——しょうがねえんだよ——はあっ——」

息を切らしながらも、言い訳のように繰り返す言葉を途切れさせることができない。

「や、やらなきゃ——やられるんだ。そうなんだよ、それだけのことなんだよ——だって、俺の身体の中に、まだ——」

げほげほ、と激しい咳が喉から吐き出された。身体を丸めて、反吐《へど》を地面にぶちまけた。

「——あ?」

彼はここで、やっと自分がまだトポロスを握りしめたままだったことに気づいた。苛立ちに任せて、それを叩きつけようと振りかぶった。


そのときだった。

空から、気まぐれのように太陽が雲の合間から顔を覗かせ、光線が降り注いできた。

それは複雑精緻に創られたガラス細工に当たり、幾重《いくえ》にも反射しながら透過し、そして——壁にその影を投影した。

そこには奇妙なものが浮かび上がっていた。

〝これを見た者の、生命と同等の価値のあるものを盗む〟

はっきりと、そう書かれていた。それはまるで紙切れにペンでメモ書きしたかのような鮮明さであった。嫌でも読みとることができた。

「…………」

杉山はぼんやりと、その文章を眺めていた。するとそのとき、どこからともなく声が聞こえてきた。

「君もそう思うか——生命には、他のあらゆるものと同様に、価値がないのだと」

それはやけに近くで聞こえた。声のする方にゆっくりと顔を向けると、すぐ側にそいつは立っていた。

印象は——ない。

「…………」

そいつがどんな奴なのか、杉山にはどうにもつかめない。なんだか訳のわからないものが、訳のわからないまま、そこに立っているとしか言い様がなかった。銀色を説明するのに、他のどの色も形容に使えないように。強いて言うならば、鏡のように他の色を映す色だとしか説明ができないように。

「…………」

「君にとって生命は、いくらでも代わりがあるもの
——犠牲にしたところで、別のもので補えるものなのだろうね。——でも」

そいつは静かに語りながら、杉山の方に手を伸ばしてきた。

そしてその手が杉山に触れるか触れないかというところで、彼ははっと我に返って、あわてて身を退《ひ》いた。

「——でも、だとしたら、君はどうなんだろうか。君自身も何の価値もないものだという風には思わないだろうか？」

そう言うそいつの、指先になにかが挟まれていた。

小さな小さな、それは欠片《かけら》だった。

「…………」

「この欠片がイーミア嬢が求めていた〝解〟だ——彼女が探していた、限りなく主体性がなく、誰にでも応用可能な概念としてのキャビネッセンス——だが、彼女が生きていたとしても、これを数式化して、検算することはできなかっただろう——」

理解不能な言葉に、認識不能な事実。すべてが暗雲に閉ざされている中、杉山がわかったことはただひとつ——その欠片がなんなのか、ということだけ

だった。

なんであれが、あそこにあるんだろう？

それは彼にとって、ただひとつ残されていた〝証拠〟だった。

彼が人を殺してもいい理由。そのための口実。かつて自らも撃たれたから、だから相手を撃ち殺してもいいのだという理由。

体内に残ったままだった、弾丸の破片。

それが——彼自身、そんなものを一度も見たことがなかったものが、今——外に露出していて、そしてもはや彼のものではなくなっていた。

盗まれていた。

「…………」

銀色が、彼から離れていく。背を向けて、最初から何もなかったのだとでもいうかのような、ぞんざいな態度で遠くに、消えていく。

「…………」

彼は胸を押さえた。それは先刻、原田が押さえていたところと同じ箇所だった。だがそこからは別に血が噴き出したりはせず、ただ——生命がこぼれ落ちていくように、彼はその場に崩れ落ちていった。

その手からトポロスが落ちて、地面に当たって割れ、さらにその上に彼の身体が叩きつけられて、粉《こな》微塵《みじん》に砕け散った。

すべてが倒れてしまい、そこにはもう地面に落ちる影は何もなかった。

ただ光が、遥《はる》か上から照らし出しているだけだった。

＊

「な……？」

その場に追いついた男たちは、そこに倒れている人間の身体を見て、絶句した。どう見ても死んでいたからだ。

しかし外傷らしきものは何もない。

はない。

「こ、これは――」

男たちは周囲を見回した。だが何の気配も近くに

そしてこの人物が入っていった袋小路の区画から外に出てきた者も、誰もいなかったはずだった。

「……ま、まさか……」

誰かが言いかけた。だがその言葉をすぐに呑み込んでしまう。単語を口にして、そこで起きたことを説明して、現実のこととして認めるのが怖かったのだ。少し後なら、それを言うこともできるだろう。だが今は無理だった。こんなにも直後であっては、それを口に出してしまうと自分たちも〝そこ〟に吸い込まれるような気がして仕方がなかったのだ。

そこに飛び散っている、もはや影も形も残っていないトポロスの奥にあった空間に閉じこめられるような――二度と出てこられなくなるような、そんな気がしていたのだった。

4

伊佐と千条が、波多野ステラがいるホテルに到着したとき、すでにその場は混乱の極みにあった。

「なんだ、この騒ぎは？」

伊佐は車から降りて、ホテルの方に歩いていこうとした。するとそのとき、発砲音が響いた。

はっとなって音のした方を見ると、ホテルに隣接する駐車場から一人の男が飛び出してくるのが見えた。覆面をしていたが、息苦しさに耐えきれなくなったように、走りながらそれを脱ぎ捨ててしまった。その下から現れた顔は、伊佐はその本人を見るのはこれが初めてで、写真でしか確認したことはなかったが、あれは――

「……諸三谷吉郎？」

伊佐はあわててその後を追って「おい！」と声を掛けた。

吉郎はびくっ、と身をすくませて、後ろを振り返った。

そして彼は、伊佐と、その後ろに立っている千条の姿を見つけて、

「あああっ！」

と甲高《かんだか》い悲鳴を上げた。

「あ、あんたは――どうして⁉」

と指差している方向は、伊佐を通り越して後ろの千条のことを示していた。

そしてまた、いきなり逃げ出す。

近くに停まっていたタクシーに駆け寄って、そして――さっき原田が撃たれて取り落とした拳銃をかまえ、運転手に向かって突きつけた。

「降りろ！　降りてくれ！」

言われた運転手は、ひえっ、と悲鳴を上げて転がり出てきた。吉郎は入れ替わりに運転席に飛び込むと、急発進させて――逃げ出した。

「な――」

伊佐と千条も、急いで自分たちの車に戻って、千条の運転で追跡を開始した。

＊

（な、なんだ、なんなんだ――いったいなんなんだよ……？）

吉郎にはもう、何がなんだかさっぱり理解できなかった。すべてが不条理だった。

何が悪かったのか、どこで間違えたのか、どこからおかしくなっていたのか、なにも考えられなくなっていた。

「ううう……」

歯の根が合わず、口の中でがちがちと音がしている。怖いのか寒いのか、それすらもわからない。

逃げているのだが、どこへ逃げようというのか。行き先がどこかにあるというのか。いや、そもそも自分は何から逃げているのだろうか。

「あ、あいつ――あいつが……」

――あのロボットのような男。あいつがまたしても、彼の前に姿を現したのだ。あいつと出くわしてから、すべてがおかしくなったような気がする。

あいつはあの病院の〝患者〟だといった……ということはあの医者どもの手先ということなのだろうか。それが彼を追ってきたということは、これはもう彼が、あの病院から狙われているということなのだろうか。

そうだとしたら……もう何をどうしたらいいのか、見当もつかない。

「ぼ、僕は……僕は――」

自分はなんのために努力してきたのか？　それは真琴のためだった。妹を助けるために頑張ってきたのだ。それだけだった。他には何も要《い》らなかった。

だが今の彼は、いったい何になってしまったのか――女性を誘拐しようとして、あげくに殺人事件を起こした、もはや紛《まぎ》れもない犯罪者ではないのか？

正体も知られてしまっている。こんなことではむしろ、今となっては彼の存在そのものが真琴にとっては害になってしまうのではないのか――。

（ぼ、僕は――いなくなった方がいいのか……？）

彼は当然のことながら、生命保険に加入している。もちろん受取人は諸三谷真琴だ。保険のことに詳しい吉郎が、吟味《ぎんみ》に吟味を重ねて加入した保険で、ほぼどんな状況でも、彼女に保険金が必ず支払われるようになっている……それこそ彼が意図的に、故意に保険を支払わせるようなことをしたとしても、それでも支給されるようになっているのだ。

わざと保険を下ろす――それはすなわち――。

（僕が自殺したとしても――だ……！）

吉郎のハンドルを握る手が汗ばんできた。

アクセルはさかんに踏み続けているが、ブレーキの方はほとんど掛けない。

激しいクラクション音が周囲で鳴り響いているが、それを無視してスピード違反で街を疾走していく。

（き、気をつけなければいけないのは――賠償金だ。既にこのタクシーは、もう被害に遭っている……これ以上は他の人間を巻き込んではいけない――）

焦りながらも、妙に冷静に彼は計算を始めていた。

信号無視をしながら、あちこち車体がガードレールにかすってもかまわない勢いで走っているにも関わらず、後ろからぴったりと追いすがってくる車が見える。

あれに追いつかれる訳にはいかないが、最悪追い抜かれても、そこに追突するというのはどうだろう、と考えてみたりもする。あいつらは損害賠償請求などはしないに違いない。

（ただ――彼らを死なせるのはまずい。あくまでも僕だけがいなくならなければ――）

道路をほとんど直進し続け、二台の車は郊外に出てきた。

もうすぐ、彼が飛び込むべき海が見えてくる。岩肌があちこちから露出しているその岸壁から転落すれば、まず間違いなく助からない。

〝あなたは知っている。自分の生命と同じだけの価値があるものを〟

あの言葉が脳裏に蘇《よみがえ》った。この彼を襲った過酷な運命の中で、あの人の言葉だけは妙に優しげで、温かく聞こえていた――。

（アメヤさん――これでいいんですよね。僕は、僕の生命なんか――真に大切なものに比べたら価値などないのだから……）

吉郎の顔には笑みが浮かんでいた。そこにはある種の調和さえあった。

だが――そんな彼の背後から、車が迫ってきた。さらに加速して、ぴったりと後ろについてくる。

（だが、もう手遅れだ——この場所なら、もうどんなに前を塞《ふさ》ごうとしても、海まで行く手をさえぎるルートはない！）

吉郎がそう思い、彼なりの勝利を確信したそのときだった。

すーっ、と車の運転席側の窓が開いた。そしてそこから、あの男が顔を出した。

ロボット探偵、千条雅人が。

「——」

千条は、助手席の伊佐に何かを言ったようだった。伊佐の顔色が変わり、焦った様子になる。

そして千条は、そのまま顔だけでなく、身体をするり、と窓から外に出した。慌てる伊佐がハンドルを握ってなんとか車を制御する。

身を乗り出した千条は、何の感情もない瞳で吉郎のことを見つめていた。バックミラー越しに、両者の視線が合った。

（——！）

吉郎は背筋が凍りつくような感触を覚えた。

千条が何をするのか、彼は理解したのだ。その眼は吉郎のことを見ているようで、彼を見ているのではなかったからだ。

千条が見ているのは、吉郎がしていることだった。ハンドルの摑み方、視線の方向、そして表情——それらから、計算していたのだ。吉郎の反応速度を予想して、それよりも一瞬速く——彼は窓から身体を出して、窓枠を蹴って、そして……吉郎の車に向かって飛び移ってきたのだった。

「——」

無表情のまま、彼はタクシーのドアミラーに摑まった。そしてそれを軸にして身体を回転させ、天井の上に移ってしまう。

「う……」

吉郎が茫然としていたのは、ほんの一瞬だった。

それでも……間に合わなかった。何もする暇がなかった。

千条は天井の上でさらに身体をくるっと回して、その踵《かかと》で思いっ切り車のフロントガラスを蹴りつけて、一撃で貫通させ、粉砕した。その勢いのまま、彼はするるっ、と車内に侵入し、助手席に座ってしまった。

……動作は一度も、途中で淀《よど》むことがなかった。まるで練習を積んだサーカスの見せ物のようだった。

がしっ、とその手が吉郎の腕とハンドルを同時に摑み、そして、

「車を停めます」

と言いながら千条は、脚を突っ込んできてブレーキペダルを吉郎の足の上から踏みつけた。

ぐきっ、と嫌な音がしたが、千条は遠慮せずに、そのまま踏み続けた。車はたちまち、急ブレーキで激しい摩擦《まさつ》音を道路とタイヤの間に生じさせながら、停止した。

「…………」

吉郎は茫然としながら、横の男のことを見つめることしかできなかった。

千条は手を伸ばしてきて、運転席側のドアのロックを解いて、ドアを開けると同時に吉郎のことを外に突き飛ばした。

「——わっ！」

吉郎はたまらず、路上に転がり出た。

するとその前で、追ってきていた車が停まって、そこから伊佐が降りてきた。

「——諸三谷吉郎だな」

厳しい目つきで、サングラス越しに吉郎のことを睨みつけてくる。つかつかと足音を響かせて、彼の方に歩み寄ってくる。

「あ、あの——」

吉郎は何かを言おうとした。だがその前に、伊佐はものも言わずにいきなり、吉郎のことを殴りつけた。

「——ぶっ……！」

吉郎は路面に、カエルのように這いつくばってしまった。

「——この馬鹿野郎！　死ねば、それですむとでも思ったのか！」

伊佐に怒鳴りつけられた。それはひどく真剣な響きのある声だったので、吉郎はびくっ、とした。

「おまえがひとりで勝手に死んだら、残される妹はどう思うんだ！　そんなこともわからないのか、おまえは！」

伊佐の怒声が怯《おび》える吉郎の上に、さらに被《かぶ》さってきた。

「——あ、ああ……」

吉郎はぶるぶると震えることしかできない。

伊佐はまだ、憤懣《ふんまん》やるかたないという表情で吉郎のことを睨みつけていたが、やがて、ふーっ、と深い息をひとつ吐いて、

「……こっちを見ろ」

と言った。しかし吉郎は動けない。伊佐は静かな口調で、

「いいから、俺に眼を見せてみろ」

と続けた。

吉郎はおそるおそる、顔を上げた。

伊佐はそんな縮《ちぢ》こまったウサギのような吉郎のことを見つめていたが、やっぱり、という感じでうなずいた。納得した、という顔になっていた。

「……よし、じゃあ妹さんのいる病院に、まずは行こうか」

優しい声になっている。え、と吉郎は驚いた顔になった。伊佐はややぶっきらぼうに、

「おまえは千条を見て、逃げ出した——あいつとどこかで会っていたんだろ？　ということは、おまえの妹さんの病院というのはあそこしかない。安心しろ。別に彼女をどうこうしようなんて思っちゃいないよ、誰も」

「…………」

「不安になるのもわかるがな——俺も患者だ。その

俺がいつだって警戒しているから、妹さんの方も何かありそうだったら、すぐに教えてやるよ」

「……は、はい」

吉郎は素直にうなずいた。どこか伊佐にすがるような顔つきになっていた。

「おまえには訊きたいことが色々ある。教えてくれれば、悪いようにはしない。いいかな」

「わ、わかり——ました」

吉郎に逆らう気は、すっかりなくなっていた。


——吉郎を先に車に乗せて、伊佐たちも乗り込もうとしたところで、千条が、

「伊佐、君はああ言ったけど——」

と耳打ちしてきた。

「彼の妹の病状次第では、必ずしも助かるとは約束できないよ」

「わかっている——それに対して俺たちは無力だ」

「彼が狙われていると君は言ったけど、その彼を病院に連れていっていいのかな。もっと安全な場所を選択すべきでは？」

そう訊ねられて、しかし伊佐はかすかに首を横に振った。

「いや——その恐れはなさそうだ」

「どういうことだい？」

伊佐は車内の吉郎に眼をやった。すっかり疲れ切った様子で肩をすぼめている男は、なんだか抜け殻《がら》のように見えた。

「——あいつの眼には、もう〝意志〟がない」

そう呟いた伊佐は、千条がさらに質問する前に、さっさと車に乗り込んだ。

CUT/9.

もし君が、ほんとうにいなくなったら
ぼくは、泣くことができるんだろうか
――みなもと雫〈バタフライ・ドリーム〉

1

——そのとき、その住宅街は妙に静かだった。いつもだってそれほど騒がしいところではなかったが、そのときの静けさは特に際だっていて、なんだか逆に耳が痛いくらいだった。

所用から蝶風寮に帰ってきて、いつものように玄関口で「ただいま」と言った安藤林蔵は、子供たちが返事をしなかったので、やや訝《いぶか》しみつつ、食堂兼リビングルームの中に入っていった。たいてい子供たちの誰かはいつもそこにいるからだ。

だがそこには一人の成人男性しかおらず、くつろいだ様子で椅子に座っていた。

「やあ、安藤さん」

落ち着いた口調で、そう挨拶してきたのは、この施設に資金を提供している東澱時雄だった。

安藤は驚いた。

「こ——これは、時雄さん……わざわざ何のご用です？　おひとりですか？　お付きの方々はどうしたんです？」

そう訊ねると、時雄はうなずいて、

「ああ、まあ、ちょっと近くに用があったので、私だけで立ち寄ったんですよ。迷惑でしたかね」

と穏やかな口調で言った。

「い、いえ——そんなことはありませんが……」

安藤がとまどいを隠しきれない様子でいるところに、時雄はさらに言った。

「それで、安藤さん……諸三谷吉郎くんのことですが」

「あ、いや——それは」

安藤が言いかける言葉を、時雄は頭と手を振って遮《さえぎ》り、

「あなたにはご面倒をお掛けしたようだ——ご安心ください、諸三谷くんは無事に妹さんと面会が叶《かな》って、考えられる限りの保護を受けられそうです。警

察には」

彼はそれを、何でもない口調で言う。

「私の方からお願いしておいたから、すべての犯行の責任は、死んだヤクザたちにあることになりましたので、何の問題もありません。波多野ステラという女が、心労から倒れてしまって、今は寝込んでいるくらいですか」

「そ、そう――ですか」

安藤はどう返答していいのかわからないようで、眼がうつろに泳いでいる。

「しかし、面倒くさい事態でした、今回の件は」

時雄は肩をすくめながら言った。

「そもそものきっかけは、波多野イーミアという女が、私が協賛する展覧会場に現れて、いきなり急死したところから始まったんです。まったく迷惑な話だ。そこからスキャンダルに発展しそうになったと思ったら、諸三谷くんが警察から逃げ出したりして、混乱が拡大してしまった」

「…………」

「混乱は困る。特にその原因が特定できない混乱は対策を立てにくいから、その隙を突いてつけ込んでくるヤツが出る。必ずね」

時雄は唇の端に苦笑いを浮かべた。

「東澱一族の社会に与える影響は、少しばかり大きすぎる――少しでも不安定なところを見せれば、それを利用しようという連中がわらわら湧いてくる。これを機に取り入ろうとするもの、利潤をかすめ取ろうとするもの、取って代わろうとするもの、それに――恨《うら》みを晴らそうとするものまでいる」

「…………」

「だから私は、祖父から事業の大半を受け継げと命じられたときに、たいへんに困った……辞退したいくらいだった。だが責任を分け合おうとした弟の壬敦のヤツは、さっさと身を退いてしまうし、妹はまだ中学生だったし、それに何より、父親がひどかった。下手な死に方をしてくれたおかげで、多くのトラブルが山積みのままだった――しかたないから、私はあまり表に出ないことにした」

「…………」

「守ってくれる味方はいるのかも知れないが、あまりにも敵が多い上に、誰が信用できるのか見当もつかなかったからだ。信じていたはずの者に裏切られたりすると、気持ち的にどうのこうのという以前に、単純にダメージが大きい。できる限りそれは避けたかった。だから諸三谷くんを重用《ちょうよう》していたのは、彼を信用しなくても良かったからだ。妹が絡めば容易に裏切ることは最初からわかっていたからね――用心するのも簡単だったんですよ」

「…………」

「今回の件は、要はそういう話でしかない。誰かが東澱の足を引っ張ろうとした裏工作……ただそれだけの話だ。何者かが、私と関係のある波多野ステラの姉が、精神を病んで施設に入れられているのを知って、それを利用した――イーミアが出歩いたりすれば、それだけで彼女の弱り切った心臓がもたないことを知っていて、彼女を逃がした者がいる」

「…………」

「施設の面会者名簿を見ても、きっとわからないだろうと思ってチェックはしなかった。その必要もない。施設に関わっている者はもう、事前にわかっていましたからね」

「…………」

「同じような立場の者たちの間で、会合が設《もう》けられている。組合のようなものだ。お互いに足並みを揃えるために――施設の責任者同士で交流しているんでしょう？　その関係者が訪ねてきていても、名簿に名前なんか残っているはずがない――」

時雄は眉を上げて、相手のことを見つめた。

「私が吉郎を殺すと思いましたか。それで彼をあわてて保護しましたか。それとも彼を色々と動かして、さらに隙を作ろうとした？　まあ、今となってはどうでもいい――知りたいのは、動機だ」

時雄の口調はずっと淡々としていて、真面目そうなのだが、底では何を考えているのかまったく読めない。

「どうして東澱に楯突《たてつ》こうとしたんですか、安藤さん」

そう言われたとたんに、安藤老人はびっくりするくらいに素早い動きを見せた。

ばっ、と持っていたカバンを開くのと同時に手を突っ込んで、そして出したときにはその手に――拳銃が握られていた。

時雄が何かする前に、もう彼は引き金に指をかけて、銃口を東澱の長男に向けてかまえていた。

「――なんで、だと?」

安藤の顔には本物の殺気がみなぎっていた。

「貴様《きさま》らが満夫《みつお》にしたことを思えば、やらない理由の方が存在しない!」

「満夫?」

時雄の顔に思い当たるような色が浮かんだ。

「それはあれか? 須崎《すざき》満夫という男のことか? ああ――そういえば、彼は婿養子だという話だったな……」

すぐにその名前を口にされたので、安藤老人の表情にもやや驚きが広がった。

「――知っていたのか?」

「あれだろう? 須崎恵美子《えみこ》の夫だろう? 彼女は東澱光成の不倫相手だった――夫が自殺してしまって、彼女が騒ぎ立てて、あのときは大変な騒ぎだった……あなたの息子か。なるほどね、これはチェックし損《そこ》ねていたな――」

やれやれ、と時雄は首を左右に振った。

「ほんとうにあの親父は、人に迷惑ばかり掛けて、勝手に死んでくれたもんだよ――どうにも参るな、あなたの動機も逆恨みだと言いたいが、ぜんぶ私の父親のせいではあるしな……」

自分に向けられている拳銃を見ながら、時雄はぼやき口調で言った。

「それじゃあ、あなたが黒幕なのか。この施設をつくりたいと私に持ちかけてきたのも、機をうかがうためだったのか。ヤクザと取り引きしたりしていたのは代理人か。東澱に一泡吹かせられるぞと言えば、集まるヤツらは集まるということだな——」

「そうだ。貴様ら東澱など、この世から消えた方がいいとみんなが思っているんだ！」

安藤の、普段は温厚な顔が鬼のようになっていた。

「そうとも、これだって貴様らがやっていることを真似しただけだ！　自分たちだけが力をふるう資格があるなどと思ったら大間違いだぞ。貴様らにできることは、我々にもできるんだ！」

「なるほど——一理ある」

時雄は銃口を見つめながら、どこか他人事のように言った。

「私はもうおしまいだろう——なら、おまえを道連れにしてやる！　本当なら、一族全部を没落させるまでやりたかったが……しかしこれでも充分だ……！」

安藤が興奮した声を上げながら、引き金に掛けた指先に力をこめて、そして撃った。

銃声が響いて、壁に穴が開いた。狙いは時雄から微妙に外されていた。

「…………」

時雄は無表情のまま、瞬《まばた》きひとつしなかった。

「命乞《ご》いをしてみろ！　悪かったと詫《わ》びるんだ！」

安藤は怒鳴った。

「貴様の父親の代わりに、満夫にあやまるんだよ！」

「…………」

時雄は後ろを向いて、壁に開いた穴の方を見て、振り向き、そして言った。

「いや、悪かった。すまないと思っている。同情するよ」

それはひどく投げやりで、感情というものがまったくこもっていない声だった。

安藤の顔が怒りで朱《しゅ》に染まった。

「この……!」

安藤は思わず、銃を振りかぶって、そのグリップ部で時雄を殴りつけようとした。だが——その瞬間、その動きが停まった。

腕を上げたところで、だらんとテーブルの下に垂れていた時雄の手が、すっ、と持ち上げられたのだった。

そこには拳銃が握られていた。最初から持っていたのだ。だが知るべきことがあったので、その情報を得るまでは自分がどれほどの力を持っているのか、相手に見せなかっただけだった。脅《おど》して吐かせたりはしない。それでは嘘をつかれる恐れがある。決して無理強いはしないのだ。それが彼、東澱時雄のいつものやり方なのだった。

「え……」

安藤が一瞬、ぽかんとしてしまったところに、時雄はためらいなく引き金を引いた。

弾丸は胸に当たった。それは射撃訓練で誉《ほ》められるような、無駄なブレのない、確実に的《まと》の真ん中に命中させるような、そんな射撃だった。彼のことを狙撃の教官なら、きっとこう言うだろう——〝君は実に優秀だ。いやまったく、文句なく優等生だよ〟と。

「——あ、ああ……?」

安藤は茫然とした表情のまま、その手を動かして時雄を狙おうとするが、もはや力無く、その手から武器は滑り落ちた。

「あなたが言った通りだな——誰かができることは、別の者にもできるんだ」

時雄が落ち着いた様子で立ち上がるのと、安藤が床に崩れ落ちるのは同時であった。

時雄は息絶えた安藤のことをしばらく見つめていたが、やがてふと気配に気づいて、顔を上げた。

リビングルームの入り口に、別室に待機させていたはずの子供たちが立っていた。

「…………」

彼らも無言で時雄と、安藤の死体を見つめている。

時雄も彼らを見つめ返した。

やがて、子供たちのリーダー格である志穂が、ぽつりと呟いた。

「……死んだの？」

その表情は能面のように、なんの感情もない。

「ああ」

時雄も、彼女とまったく同じ表情で言った。

「私たち、どうなるの」

志穂がそう言うと、時雄はうなずいて、

「安藤さんは悲しい決断をされた。財政難に陥っていたこの施設を救うために、自らの生命を絶った——拳銃で自殺したんだ」

と言いながら、志穂に向かって持っていた拳銃を差し出した。その銃口から出た弾丸が、安藤の胸に突き刺さっているのだ。

「——保険金が下りる。それでこの施設は助かる。君たちも、ここにいることができる」

時雄がそう言うと、志穂は、

「そうね——」

と、うなずいて、その拳銃を受け取った。

そして安藤の側に膝をついて、その手に時雄の拳銃を握らせる。

他の子供たちも、そんな様子をただ見つめているだけだった。

「…………」

「…………」

「…………」

誰も何も言わない。誰も泣かない。彼らは皆、かつて死ぬほど泣いても、誰も助けに来ないという経験をしてきた者ばかりだったから、無駄なことはしないのだった。

だが志穂だけが時雄に視線を戻して、そして、

「もしかしたらだけど、おじさん――私たちと同類じゃないの？　そう、諸三谷さんがそうだったみたいに」

と訊ねた。この問いに時雄は、

「――さて、どうかな」

と微笑むだけで、はっきりとは答えなかった。

2

静かな病室の中に、その曲は流れていた。ＣＤコンポのボリュームは小さく絞ってあったが、他に音を立てるものがないので、それはずいぶんとはっきり聞こえる。

もし君がいなくなったら
ぼくはどうすればいいのだろう
もし君があきらめたら
ぼくもそうした方がいいのかな

それはめったに物をねだることのなかった真琴が、珍しくもその人のＣＤを欲しいといったので買ってきた、早逝《そうせい》した女性アーティストの歌だった。不吉なので吉郎は嫌っていたが、曲そのものはとても美しいので、聞いていると引き込まれるものがある。

真琴の方は、ほんとうにうっとり、という顔で歌声に聞き入っている。

もし君が弱くなったら
ぼくが強くなるべきなのかな
もし君が強くなったら
ぼくは弱くなってもいいのかな

歌が間奏に入ったところで、真琴が口を開いた。

「ねえ、お兄ちゃん――大丈夫だから」

「え？」

「大丈夫よ、もう――お兄ちゃんに助けてもらうばかりじゃないから」

そう言う彼女の表情は、穏やかに落ち着いていた。

「そう――かな」

「そうよ。平気よ。先生たちともよく話したわ。嫌なことは嫌って言うし、我慢しなきゃいけないことは我慢するわ」

「真琴がいい娘だってことはわかっているさ。だから心配なんだよ」

「私も心配よ、お兄ちゃん」

「…………」

「お兄ちゃんのことが心配だわ。仕事を頑張りすぎてた、ってあの人たちからも聞いたわ。あのサングラスの人、あの人もここの患者なのに、ふつうに生活しているんでしょ。私も同じよ」

「……それは」

間奏のピアノの音が途切れて、ふたたび歌が始まる。

もし君が忘れてしまったら
ぼくは想い出せるだろうか
もし君が信じているなら
ぼくも一緒に祈るだろうけど
でも君はきっと、いつのまにか
ぼくのことを嫌いになるんだろう

ひどくぼんやりとした気分だった。なにか氷が溶けてしまったような気分だった。

真琴の言うことは正しい。そして彼にはもう、反対する理由がないのだ。

「それは……そうだね。その通りだと思う」

うなずきながら言う言葉は、もう無理をしたものではなかった。

「真琴に心配かけちゃいけないよね。それは本末転倒だ。話があべこべだ」

「そうだね……わかっているかな?」

「何をだい?」

「お兄ちゃんがそんな風に笑うところを、私はひさしぶりに見たのよ。優しい笑顔だわ。昔はよく、そんな風に笑っていたわ」

「そうかな……そんな怖い顔ばかりしていたのかな」

「ええ。なんか引きつってたわよ、いつも」

「ははは」

なにもわからなくなったとき
ぼくが恨むのは君かな、ぼく自身かな
もし君が、ほんとうにいなくなったら
ぼくは、泣くことができるんだろうか

「やっぱり疲れていたのかな——何をすればいいのか、あんまり考えていなかったような気がするよ」

「ごめんんね、お兄ちゃん」

「おいおい、あやまるなよ」

「ううん、私はいつもそう言いたかったわ。ごめんね、ごめんねって、心の中じゃいつもあやまってた。でもそんなことを言うと、すごく怒られそうで、それでどうしても言えなかったのよ」

「そうか——そりゃなんだか、悪いことしてたな」

「もう、だからそれが逆でしょ?」

真琴は明るい、解放された表情で笑っていた。だから彼も笑った。

病室には陽光が射し込んできていて、影が妙に薄く、白っぽくぼんやりとしていた。

3

伊佐俊一は、千条雅人とハロルド・J・ソーントンと共に、指定された場所へと向かっていた。

車を運転しているのは千条だ。その面会の約束をしているレストランまではもうすぐである。

「しかし伊佐くん。あまり突っ込んだ質問などは控えてくれよ」

ソーントンが相変わらず、教師のような慇懃《いんぎん》な口調で釘をさすように言ったので、伊佐はやや顔をしかめて、

「そんなものは相手次第だろう。波多野悟朗氏が進んで話をしてくれれば、なにも強引に聞き出そうとは思わないさ。しかし、彼には絶対に言っておかなければならないことがあるんだ」

と応えた。するとソーントンは眉をひそめて、

「いいかな、あくまでもこれは君の意向に皆が従った訳じゃないんだ。向こうの厚意なんだよ。それを忘れてもらっては困るよ。——しかし、彼の方から〝会ってもいい〟と言ってくれるとは思わなかったよ」

いやはや、という感じで首を左右に振った。すると千条が口を挟んできた。

「波多野悟朗氏もペイパーカット探求、という目的に際して、伊佐の優秀さと熱意を認めたのではないですか」

「そんな簡単な人物じゃないんだよ、ミスター波多野は。とにかくエゴイスティックな性格なんだ。気をつけてくれよ。ご機嫌を損ねると、あとあと面倒なんだから」

「しかしですね、伊佐のこれまでの行動は、その波多野氏の長い活動よりも多くの成果を上げているのではないかと思われますし、それに」

千条が妙に伊佐を誉《ほ》めまくるようなことを言い出したので、言われた伊佐本人が顔をしかめつつ、ごほごほん、と咳払いして話を遮った。

「——とにかく、波多野ステラも入院しているし、我々が話を聞くべき人物は今、波多野悟朗氏しかいないのは確かだ。諸三谷吉郎からは、大した話は聞けなかったしな……彼が言っていたことは、もう俺たちが以前にも聞いたことのある話ばかりだった。ペイパーカットが誰にも見つからずに警察署に侵入

できるとか、その辺のことはもう耳にタコができているんだからな……彼が、ペイパーカットの正体を知った上で、その姿を目撃していたら話は違っていたんだが」

「タコ？　それは海洋生物の蛸《たこ》かい、それとも皮膚の硬化現象としての胼胝《たこ》かい？」

千条が、そのメモリーに記憶されていない言葉の用法が出てきたので伊佐に質問した。伊佐はさほど迷惑そうな顔もせずに、

「硬化現象の方だ。身体の同じところを使い続けているとタコができる。それと同様に同じことを聞き続けているということを表す、慣用句だ」

と即答した。

「なるほど。理解したよ」

千条がうなずく。するとソーントンがくすくすと笑い出した。

「……あんたが笑うなよ。千条のことをよく知ってるあんたが」

伊佐が不機嫌そうに言うと、ソーントンはなおも笑いながら、

「いや、失敬――しかし君は、千条雅人にさんざん痛めつけられたんじゃないのか。それなのにずいぶんと彼に優しいんだな」

と言った。すると伊佐は舌打ちして、

「優しいとか言うな――また千条が質問をしてくる」

と言うやいなや、千条が、

「優しいのかい、伊佐は？」

と本当に質問してきた。ソーントンはさらに笑って、伊佐はますます不機嫌そうな顔になった。

レストランは高層ビルの中にあるというので、千条は車を地下駐車場に入れた。するとそこで彼は、通路のところで急に車を停めた。

「――？　どうした？」

ソーントンはそう訊いたが、伊佐は訝しむ様子もなく、

「……見つかっていたか」

とため息混じりに言った。二人だけで納得していると感じに、ソーントンがなおも質問しようとしたところで、車の前に一人の女性が歩いてきた。

東澱奈緒瀬だった。

「どうも、伊佐さん」

彼女は明らかに、怒った様子で車内の男たちを睨みつけてきた。その背後には警護の者たちも揃《そろ》っている。

「……ああ、元気そうだな」

伊佐は車から出て、彼女の前に立った。

「まずはお詫びします。問題のトポロスを回収できませんでした」

奈緒瀬の顔は、言葉と違ってちっともあやまっていない。

「うちの時雄が勝手にあれこれと策謀した結果です。すみませんでした。——ですが」

きっ、と伊佐の眼をまっすぐに見つめてきた。

「今回の件では、ずいぶんとそちらの動きが不自然だったようですけど、理由をお聞かせ願えますか？」

「ああ、いや——」

「あなたはあの馬鹿兄貴とも会っていたようですけど、その割にはあなたが出てくるのが遅すぎませんか？　現場にまったく出てこないなんて、あなたらしくありませんわね？」

「俺だって色々あるんだよ」

伊佐が渋い顔でそう言うと、奈緒瀬は車内のソーントンに眼をやり、

「あのお偉い方が横槍《よこやり》を入れてきた、ということですか？　なんでしたら、サーカム財団の本部に掛け合って、あの人を異動させせましょうか？」

と、とんでもないことを言った。ソーントンがびっくりした顔になり、思わず千条の方を見ると、

「まあ、不可能ではないでしょうね。東澱グループが直接に抗議をして処置を求めたりしたら、本部と

してもそれなりの対応をせざるを得なくなるはずです。あなたが馘首《かくしゅ》されてすむなら安いものだと思われるかも知れませんし」

と平然とした顔で言う。ソーントンは絶句した。

伊佐は苦笑いを浮かべて、

「その代わりに、情報は提供しろってことか？」

「あなたにいなくなられると、困るんです。今回もあなたが現場にいたら、被害を抑《おさ》えられたかも知れません」

「すでに話はついたよ。心配には及ばない。それに今回は――」

奈緒瀬は真顔で言った。

伊佐は厳しい顔になった。

「――おそらく、ずっと前から仕込まれていた。どうにかできたのは俺たちじゃなくて、おそらく本人たちだけだったろう」

「本人？」

「ああ」

伊佐はうなずいた。

「トポロスを創っていた波多野姉妹か、その父親の悟朗氏か――実際にペイパーカットと戦っていたのは、彼らだったんだ」

＊

「……なんだと？」

レストランの個室で、サーカム財団の者たちを待っていた波多野悟朗は、その連絡を受けて不機嫌そうに顔をしかめた。

「遅れるというのか。向こうから会いたいと言ってきた癖《くせ》に？」

「はい、なんでも下には到着しているそうですが、そこで足止めを喰っているということで。東澱グループの者が介入してきたとか言っています」

「そんなものは向こうの都合だ。私は知らんぞ。まったく無能なヤツらだな――わかった。下がれ。少しだけ待ってやる。しかし少しだけだ。時間を無駄にはできん」

「わかりました。そのように伝えます」

悟朗の警護をしている者が下がっていき、個室には彼だけが残された。

「ふん——どいつもこいつも」

悟朗は高級銘柄の中国茶をすすりながら、不満げに鼻を鳴らした。身に染みついている癖の貧乏揺すりで、テーブルがかたかたと鳴っている。

髪には寝癖がそのままで、服装も無頓着《むとんちゃく》だ。分厚い眼鏡は彼の、視力矯正《きょうせい》手術でも治せない重度の近視を物語っている。体つきがおかしく、首周りには脂肪がそこそこ溜まっているのに、長い指を持つ手だけが妙に痩せこけていて骨張っている。彼が研究以外のことに関心を払ったことは、長い人生の間でもほとんどない。

茶碗をテーブルの上に置くときに、手が震えてがたたん、と大きな音を立てたが、それにもまったく表情が変わらない。テーブルをこつこつ、と指先で叩き始める。いらいらしているのだ、ということを表現している様子は下手くそなパントマイムのようですらあったが、もちろん観客は誰もいない。

親指を立てて、その爪の先を歯で齧《かじ》り出す。これも癖である。彼にはそんな無駄な動作が多く、落ち着きのない子供のようでもあった。

「——やはり、ステラの奴を尋問するか。自白剤を使えば、無意識領域の話も引き出せるかも知れないしな——だがその情報に数値的正確さは期待できん。どうするか……」

ぶつぶつと呟いている内容は、入院している己の娘を強引にどうにかしようという、実に物騒で非情なものであった。

そのとき、個室のドアがこんこん、とノックされた。

「なんだ！」

悟朗が不機嫌さ丸出しの怒声を発すると、扉が開いてそこに一人の人物が姿を現した。

「どうも」

その人物がサングラスを掛けていたので、悟朗は眉をひそめてその無礼を正そうとしたが、そこで想い出した。前もって写真を見せられていたのだ。

「おまえが伊佐俊一か？　写真よりも頼りない感じだな」

「どうとでも、お好きなように考えてください」

「おまえだけか？　他の者たちはどうした」

「少しばかり手間取っていまして。自分だけ先に来ました」

「ふん、しょうがない連中だな。まったく使えん者どもだ」

悟朗は蔑《さげす》みの眼差しで相手を見つめたが、向こうは何の動揺も見せずに、冷静に、

「それで、あなたにお話ししたいことがあって来たのですが、よろしいですね？」

と言いながら、テーブルの席に着いて、悟朗と対《トイ》面《メン》になった。

「おまえなどには用はないのだが、万が一にでも、おまえが何らかのインスピレーションを与えてくれるかも知れぬと、この面会を許可したのだ」

「知りたいことはない、と？」

「どうせおまえが考えている程度のことなど、ほとんど価値がない。実際にペイパーカットの足跡を辿って、あわよくば先回りしようなどと考えているんだろう？　そんなものは徒労だ。無意味な行為だ」

「そうですかね」

「当然だろう、前提が成立していないではないか。おまえはペイパーカットを特定できているのか？　いないのだろう？　なんだかわからないものを、わからないままに探求しても、何も意味はない」

「確かに何もわからない。だからこそ、少しでも手掛かりに接近して、わかりたいと思っているんじゃないのか。あなたも自分も、そこは同じのはずだ」

「その手掛かりそのものの前提が成立していないと

いうんだ。どれが手掛かりで、どれがどうでもいいものか、特定できない内に闇雲《やみくも》に突き進んでも混乱が広がるだけだ」

悟朗の言葉はとことん冷ややかだった。だが応答の方もまったく揺らぐことなく、

「ではその前提を、どうやって決めるんだ。まずは接してみないと、前提を定めることもできないはずだ。あなたはペイパーカットと直に接しもせずに推論と計算ばかりしているようだが――その情報のどれが正しくてどれが間違っているのか、それを決めることができているのか？」

と言い返した。その視線の奇妙なまでにまっすぐな鋭さに、悟朗は、

（……なんだ？）

と感じた。

4

「……おまえの動機はなんだ、伊佐俊一」

悟朗はやや落ち着かない気分を覚えながら、そう質問した。

「おまえの感情的なバイアスが、ペイパーカットに対する正確な判断を狂わせていないと、どうして言える。あまり対象物に近づきすぎると、全体が見えなくなるものだ」

「では、あなたには感情はないのか？」

「研究と、個人的な感情は切り離して考えている――当然だろう？」

「感情を切り離して、それでどうやって探求のための気力を出すことができるんだ？」

即座に切り返されて、悟朗はまた変な感じがした。

「……知的な探求心は、何物にも勝《まさ》る動機だ。おま

えのような単純な男にはわかるまいが」

「そうだな……確かにわからない」

と言いながらも、視線はまったく悟朗からずらさない。

「知的な興奮とか、数学の純粋な美しさとかよく言うが——それってどういうものなんだろうな」

本当に不思議そうに、彼は言った。

「世界をパズルのようなものに見立てているのか。それでぴったりと塡《はま》ると気分がいいのか。しかしそれにしては——」

何かを言いかけて、そして唐突に、

「あなた自身はトポロスのことをどう思っていたんだ?」

と訊いてきた。

「……なんのことだ?」

「どういう意図をもって、あれを眺めていたんだ?」

「あんなものは——」


悟朗の顔に不快なものが走った。

「ただの失敗だ。研究ではよくあることだ。立証できなかった例のひとつにすぎん。いずれ明確な解法が見つかったときに、あれらも証明されるだろう」

「要は役立たずだと?」

「そうは言っていない——いずれは論理構築の補強として使えるだろう。だが今は、放置しておくしかあるまい」

「放置か」

相手はうなずいたような動作をして、

「それはあなたの娘に対しても同じだったのかな」

「……どういう意味だ?」

「波多野イーミアと、ステラと……あなたの娘たちは、あなたのためにと思ってトポロスを創っていたんだろう? だが数式を実体化してみても、そこには答えはなかった。そのときに彼女たちが感じたはずの絶望も、あなたにとっては放置すべきことのひとつに過ぎなかった、ということなのか」

「それは……」

「娘たちを煽《あお》って、結局は意味のない徒労を重ねさせて、あげくに絶望に追い込んでしまったことに対して、後悔はないのか？　悪かったと思っているのか、いないのか？」

それは淡々とした口調で、責めるような響きは一切ない。しかしそれでも悟朗は顔を赤くして、
と怒鳴った。

「ふ――不愉快だ！」

「貴様は私を糾弾《きゅうだん》しに来たのか？　だとしたらとんだお門違《かどちが》いだぞ。そんな道義論など、この場では何の意味もないのだからな！」

「意味はない、か」

また相手はうなずいて、

「では何が、意味のあることなんだろうな。わからないものに立ち向かっていくときに、心の中にあるものはなんだろうな――大切なものを犠牲にしてまで突き進む価値はどこにあるんだ。わからないこと――謎そのものに価値があると信じられる、その根拠は何だ？」

その口調はやはり、とても不思議そうである。

「謎がある、それを解きたいと思う、知りたいと思う――その動機の奥底にあるものはなんだ？　一方では娘たちを見殺しにしても平気なのに、謎に対してだけは真摯《しんし》に向き合おうという、その選択基準はいったいなんなんだ？　なあ、どう思っているんだ、あなたは」

淡々とそう語りかけてくる――そこでやっと、悟朗は奇妙だと思い始めた。

「――いや、待て」

焦りながら、彼はやや身を退いた。

「おまえ……そう言えば、おまえ――さっき入ってきたときに……」

悟朗は部屋の中に視線を巡らせた。当然のように、室内にいるのは彼と、この男だけだ。他の者は誰もいない。

悟朗は思い出そうとした――こいつが入ってきたときに名乗ったかどうか。しかしそれをどうしても思い出せなかった。

「同じだ。あなたも、自分も――わからないことがある。だからそれを解きたいと思っている……だが、どうなんだろうな。君たちはほんとうに知りたいのかな」

悟朗の向かい側に座っている者は、あくまでも静かな口調と表情を崩さない。

「あなたも、イーミアも、どうしてキャビネッセンスを考えるときに、単純に自分にとって最も重要なものは何かと考えずに、普遍《ふへん》的で共通する要素ばかりを探そうとしたんだろうね――人間は、そんなにみんなが同じなのか？　それにしては君たちは、ずいぶんとお互いに争い続けているじゃないか――ほんとうは知りたくないんじゃないか。自分たちがなにものなのか――その正体を。違うかな？」

そいつは、ゆっくりと立ち上がった。悟朗の腰は、ずるずると椅子の上で滑って、床の上に落ちた。

「お、おまえ――おまえは……!?」

悟朗はもう、自分が何を見ているのかわからなかった。そんな彼に、そいつはうなずきかけて、

「どうして私が、この姿で見えると思う？　なぜ伊佐俊一なのか――それは君が、彼に希望を見出しているからだ。そう……君はもう、心の奥底では折れてしまっている。あきらめてしまっている。だから自分の代わりに、それを探求する者に夢を託しているんだ……無意識のうちに。そう――自分で自分の大切なものを見ようとしない者は、決して〝銀色〟を見ることはないのだから」

と言いながら、またそいつは不思議そうな顔をした。

「……わかっているのに、わかっていないことにして生きていこうとする。これがなんなのか、それを訊きたかったんだが――君は、どうやら知りたくは

ないようだね」

ちらり、と一瞬だけ、悟朗にはそいつがまったく違う姿に見えた。

それは——。

「……うわあああああああああああああああああっ！」

絶叫が、狭い個室の中に響きわたった。

*

「——ところで、伊佐さん」

地下駐車場では、奈緒瀬がさらに質問しているところだった。

「あの波多野ステラという女性と、あなたはその……どういう関係なんですか？」

「は？」

「あの方はどうも、時雄お兄様とは全然、ふつうの友だちに過ぎないらしいし……なんだかあの方は、ずいぶんと馴れ馴れしく、あなたのことをその、俊一さん、とか呼んでいたし」

「……何の話だ？」

伊佐はきょとんとした。質問の意図がどうにもつかめなかった。

「ですから——」

と奈緒瀬がさらに言いつのろうとしたところで、横に立っていたソーントンの携帯が鳴った。上で待っているはずの波多野悟朗の警備の者からの通信だった。

「どうかしたのか？」

と訊いたすぐ後に、ソーントンの顔色が変わった。

「……なんだと!?　ほんとうに誰も個室に入った形跡はないのか？」

そう訊き返した、その質問だけで横にいた伊佐の表情も一変する。彼にはすぐにわかったのだ。

「——くそっ、やられた！」

彼は怒りの声を上げて、きびすを返して走り出した。千条も無言で後を追う。奈緒瀬も一瞬あぜんとなったが、それでもあわてて続いていった。


彼らが約束の場所に着いてみると、もうそこでは事態は終わってしまっていた。

「…………」

口をぽかん、と開いて、天井を見上げている眼は焦点があっていない。波多野悟朗が茫然自失の様子で個室の床にへたりこんでいた。

「——老人なのか？」

伊佐がそこにいた警備の者に訊ねると、相手はまだ動揺したままで、

「は、はい——波多野氏です」

と答えた。伊佐は千条と奈緒瀬の方も見て、

「みんなも老人に見えるな？」

と訊ねた。皆がうなずくと、伊佐はまた舌打ちして、

「まだビルの中にいるかも知れない！　追うぞ！」

と千条を連れて駆け出していってしまった。奈緒瀬と供《とも》の者たちもついて行き、そこに駆けつけた者たちは再び、あっという間にいなくなってしまった。

「————」

残ったのは、ソーントンただ一人だった。

彼は、ふう、とため息をついて、座り込んでしまっている波多野悟朗に近づいて、そして声を掛けた。

「ミスター波多野……どうしたんだ？　見たのか、あなたは」

「……お、おお……」

訊かれても、波多野悟朗は反応せず、ただ口の奥で呻き声のようなものをもごもごと反芻《はんすう》しているだけだった。

「……きゃ、きゃ、キャビネッセンスが……キャビネッセンスが……おおお……」

その唇の端からは涎《よだれ》が垂れていたが、そのことにさえ気づいていないようだった。精神の均衡《きんこう》が崩れてしまっていた。

「ふん……」

ソーントンはそんな波多野悟朗を冷静な眼差しで見つめながら、呟いた。

「波多野イーミアと似た症状だな——親子揃って、同じ末路か」

そして顔を上げて、伊佐たちが去っていった方に眼を向ける。

「しかし——彼は動じなかったな。確かに隠していたのは無用の配慮だったようだ」

そして口元にかすかな笑みを浮かべる。

「だがこれで、伊佐くんにほとんどの責務を負わせざるを得なくなったわけだが——彼にはそれがわかっているのか、どうか」

そして顔を引き締めると、部下に向かって、動かない波多野悟朗を連れ出すように、淡々と指示を出した。

5

「——はい、確かに。これで手続きは完了です」

病院の白い部屋で、医師はそう言って吉郎の差し出した、サインの入った書類を受け取った。

「ふう……」

吉郎の口から深いため息が漏れた。

「それで諸三谷さん、今はお仕事の方は？」

医師がさりげない調子で訊いたのは、気配りもあったのだろう。だが吉郎には別に隠し立てするようなことはもう何もなかった。

「いや——確かに騒ぎにもなってしまったんですが、クライアントの方がさほど問題にならないようにしてくれまして、結局は今の仕事をそのまま続けることになったんですよ」

「ほう、それは良かったですね。ですが真琴ちゃんも心配していましたが、少し休まれた方がいいですよ。仕事も減らす方向で考えられた方が」

「はい、その辺の意向も聞いてもらえまして。新規の方はしばらく控えて、今の仕事を処理することを優先させて——ああ、いや……」

なんだか無意味に、事細かに業務を説明しそうになって、そんな必要はないのだと気づいて、苦笑した。

「……とにかく、無理はしないようにします、これからは」

「そうですよ。金銭的には余裕ができるはずです。これで真琴ちゃんも不安なく治療を受けられるでしょう」

医師はにこにこと微笑みながら言った。今まではその整った顔立ちになにか不信感を抱いたものだったが、今ではとても頼もしい感じしかしない。

「はい……そうですね——あの、先生。ほんとうによろしくお願いします。真琴を元気にしてやってください——」

彼が頭を下げると、医師は吉郎の手を取って、

「一緒に頑張りましょう。必ず元気になりますよ、彼女は。それを信じて、協力しあっていきましょう」

と言ってきた。

「は、はい——」

二人は握手して、和《なご》やかな雰囲気の中で別れた。

あの千条という男に踏みつけられた足は、まだ腫《は》れ上がっていたので、片足は靴ではなくサンダルであった。玄関のところで包帯の様子を確かめていたら、受付のところから、

「あの諸三谷さん、先生の方から、車を回すように言われてますので、裏の方に行ってください」

と声を掛けられた。吉郎はびっくりして、

「い、いや——そんな、いいですよ。大した怪我じ

ゃないし」

「いえ、もう手配してしまったので、ぜひ利用してください」

微笑みながら言われて、断れない空気になっていた。吉郎は恐縮しつつ、いつもは徒歩で帰る病院から、車で帰宅の途についた。

「いつも大変ですね」

運転してくれているのは、いつもは入り口のところで警備をしている男だった。彼もふだんは怖い感じだったのが、今は妙に優しい顔に見える。

「はい。でも皆さんにはよくしていただいて、ほんとうに助かります」

「あの病院に入院されている患者さんは、みんな大変ですからね。我々としてもできるだけ力になりたいと思っているんですよ――」

そんなことを言われながら、車は山を下って、街の方へと入っていく。

流れていく街の風景。

看板が立ち並び、ショーウィンドウにはきらびやかな光が灯《とも》され、道行く人々はみなそれぞれの横顔を見せている。

その色彩の多さに、吉郎は圧倒されるような気がした。今までとなんら変わらないはずの街並みなのに、吉郎はまるで初めてそれらを見るような気がしてしょうがなかった。

(いや――今までは、街なんかまともに見ていなかったのかも知れないな……)

そんなことをぼんやりと思った。真琴とは、あまり外を一緒に歩いたりしたことはない。彼女が入院する前からそうだった。だから街の印象もろくにない。

なんだか全然知らない場所を進んでいるような気がした。今までだってさんざん通ってきたはずの道なのに。遠い外国に来てしまったような錯覚さえ覚える。

(何も変わっていないのに――いや、なにかが変わ

ったのだろうか。だとしたら、それは）

なんだろう……と吉郎がぼんやりと考えていたところで、運転手が、

「それで、まっすぐご自宅に行きますか。それとも事務所に寄りますか」

と訊いてきた。はっ、と吉郎は我に返って、

「い、いやいいです。そこの駅前まで行ってくだされば充分です」

「そうですか？　遠慮ならいりませんよ」

「い、いやほんとうにいいですから。お気遣いなく」

吉郎が焦りながらそう言うと、運転手は別に無理強いしたりせずに、わかりました、と素直にうなずいた。

車から降りて、吉郎はぽつん、とひとり街に立った。

「…………」

駅にそのまま入ろうとして、やはり変な感じがしたので、表通りの方を振り返った。

すべてが奇妙に思えた。

あらゆるところが動いていた。その中で自分だけが停止していた。みんながそれぞれの目的地に進んでいるのだろう。しかし彼は、どこに行こうとしているのかわからなかった。

（どこへ……？）

家に帰るのか。家というのはどこだろうか、あの仕事の合間に眠りについていた場所のことだろうか。でも今はちっとも眠くない。仕事に戻ってみようか、でもみんなの判断待ちで、やるべきことは特にないだろう。新しいことは今やらない方がいいとも言われているし。ひさしぶりにぶらぶらしてみようか。気晴らしに遊んでみようか。でも何をすれば楽しい気分になれるのかよくわからない。

（何を……）

何をするのだろうか、これから。

何をどうやって、どんな風に生きていくのだろうか、これから。

何のために頑張ればいいのか、いや、もう頑張らなくてもいいとみんながそう言っている。頑張らなくてもいいのだろう。

では何をすればいいのか——みんなの言う通りにしようと思っても、なんだか皆の言うことはどこか手応えがなくて、何を言っているのか曖昧な感じだ。

迷ったときに、いつも心で呟いていたはずの言葉は、

〈信じることが大事——〉

それで、いったい何を信じるんだったか、それが今ひとつ定かでない。

「…………」

彼はざわつく街の中で、ひとり立ち尽くしていた。目の前で信号機が点滅していた。それは進めと言われているのか、それとも停まれと言われているのか、彼にはよくわからなくなってきた。

……そのときだった。

「あれ……？」

思わず口から声が漏れた。

交差点の向こう側、点滅する信号の先にひとつの人影が見えた。

知っている顔だったが、なんだか変だった。

「アメヤさん……？」

その名を呟いて、姿をよく見定めようとするのだが、それがどうにも、眼の焦点が合わない。

その人物は、彼のことを見つめ返しているようだったが、その眼差しがこちらに向いているのかいないのかも不明瞭だった。

だが——そこでその影が少しだけ動いたのは、見えた。

手を顔の横に上げて、指を開いて、そしてそれをゆっくりと左右に振った。

……ばいばい

そういう動作に見えた。そして気がついたら、もう姿はどこにも見えなくなっていた。前方にいたはずで、一瞬も眼を逸らさなかったのに、その銀色がどこに行ってしまったのか、もう彼にはまったく判別することができなかった。他のあらゆるものと区別することができなくなっていた。

「…………」

溶け込んでしまったかのように消えて、そしてそれがどんなものだったのかも、もう彼には想い出すことができなかった。

「…………」

地面には無数の影が落ちていた。それらは何の影なのかわからないくらいに重なり合っていて、人なのか物なのか、雲なのか建築なのか、世のすべてが絡み合っているようにも見えた。

"The Deprived Proof of Topolo-Shadow"
closed.

あとがき――複雑にして明解、単純にして混迷

トポロジー、というのはとにかくややこしい数学であるそうだ。どれくらいややこしいかというと、すごいことを証明しましたという解答が出ても、それが正しいかどうか判定するのに別の数学者が何人もかかりきりで検算しても何ヶ月、あるいは何年も掛かるというくらいのものであるそうだ。

えー、そんな難解なのではなく、三角形の内角の和は必ず百八十度になるという有名な公式があるが、これが成立しない三角形というのもこの世には存在する。バミューダ・トライアングルと言われる三角はこの式に当てはまらない――といっても別にオカルトの話ではない。単に地球が丸いので、その上に書かれた三角は、微妙に〝山盛り〟になって歪《ゆが》むからというだけの話である。こういう風に考えると、すべての角が直角という三角形もありうることになる。北極点とガラパゴス島と、あと黄金海岸という場所をつなぐと、その場所に立って見れば直角なのに、宇宙から見ると三角になる図形が描けるそうだ。もちろんピンポン玉の上にも描ける。ではこれが数学では扱えない特殊な図形かっつーと、さ

らにめんどくさい高等数学の扱う領域の話になるだけのことである。

しかし、地球やらピンポン玉の上に書かれた三角形の方が我々が暮らしている現実に近い話で、感覚的には紙の上に書かれた二等辺三角形などより簡単になっているような感じがするのだが、数学だとこれが逆になって、現実にあるものを扱うほど難しくなるという。我々が日常感覚で簡単に捉《とら》えられるものを数式で説明しようとすると、とんでもないことになる。だから数学のできない我々のような人間は「どうしてそんなめんどくさいことをするんだよ。ぱっと見でなんとなくわかりゃいいじゃねえか」とか思ってしまうが、しかし現実にはぱっと見ではわからないことの方が多かったので、数学というものも発展した。たとえば人が人を騙《だま》して、少なめのものを多めに見せかけるとか……。

悲しいかな、この世の中で何がいい加減かというと人間が一番なので、数学の厳密性というものが最大限に発揮できるのも人間相手のことなのであった。数字は冷たくて非人間的だという考えもあるが、逆にそれだからこそ文明は発達したようなところもある。人間は放っておくといくらでも適当なことをして生きているので、それを数字として表したら、いかにいい加減であったかやっとわかって、それで進歩というものを遂げたといえないこともない。ヨーロッパにおける数学の歴史には中世の暗黒時代という時期があって、これは当時、圧倒的な権力を持っていた教会が数学を〝あまりにもわかりすぎるのは神への冒瀆《ぼうとく》〟みたいなことを言い出したために起きたことなのだが、まあこの辺は実に〝人間的〟な話である。神がすべてを創ったというなら、数学だって神の創造物である。それを自分たちだけで独占したいという考えはまさしく人間そのものだという気がする。ちなみにこのときにも世界の別の場所では数学の発展は続いていて、西欧社会に後になって入ったりした。だから〝アラビア数字〟なのである。（でも発明されたのはインドだそうだけど）

さっき感覚としてわかると言ったが、しかしこの感覚というのがなんなのか、実は我々は他人にうまく説明できないことが多い。「だからびゅーんと行って、ぐわっとしてるからそこを右に」とか言われてもなんだかわからない。数字であれば、百三十二メートル進んで、そこを東南に三十七度曲がって、と言えば確実に伝わる。しかし現実には数字だけでしか説明されないと冷たい印象がしてしまう。それはきっと、我々は数字ほど整合性もなく、そしてあまりにも複雑すぎるからだろう。他人が何を考えているかわからず、何を望んでいるかわからず、何を憎んでいて、何が許せないことなのかわからないままに、互いに傷つけあっている。そんな中で明瞭な数字を前に我々はどこかで〝嫉妬〟しているのかも知れない。そんなわかりやすいものであってたまるか、という……。

そもそも世界があまりにも複雑で、理解しがたいからそれを整理する効率のいい方法として数学が考え出されたはずである。でも単純な数学で説明できないことが世界にあふれかえっていたので、数学の方もどんどん複雑になり、しまいにはトポロジーのように数学としては考えられるが、こんなことは現実にあるんだろうか、という屁理屈みたいな領域にまで達してしまったのだろう。トポロジーの問題で頻繁《ひんぱん》に使われる言葉は実に〝宇宙〟である。もはや我々の日常とはあんまり関係がない。かつて数学の世界は、整理されて、汚れて煩雑《はんざつ》な世俗から切り離された美しい結晶のような世界だということになっていたのだが、今ではもう数学も我々と同じ、こみ入ってややこしく、誤解と思いこみと意見のズレに満ちている。人間が考えたものはやはり人間に似てくるんだろうか。

ちなみに数学者の質の良さを知るためには、その人がどんなに難しい問題を解けるかということよりも、どんな問題を見つけられるかということの方が重要なんだそうである。いったい何が問題なのか、それをどうすれば解決できるのか、そういうことが見通せる人ほど優秀であって、目の前の数式を解けるばかりでは駄目なんだそうである。——なんか我々は全員、何が問題なのかさえわからないままに生きているような気がする。数学は今のところ人間が生きている意味を説明してはくれないが、やがてそれが解ける日が来るのだろうか。……まあ解けたとしても、そのめんどくさい数式を前にしたら、やっぱりややこしすぎてわかんねーんだろうな、とか文系人間としてはそう思うのでした。堂々巡りですね。それもまた人間的、とか言ってみる。何一つ証明できていませんが、以上です。

(理解しきれないことを語ろうとするとやっぱりボロが出ますねえ)
(わかってるなら、最初から書くなっつーの……)

BGM "ONE" by Al Kooper

上遠野浩平　著作リスト（2008年2月現在）

1 ブギーポップは笑わない　電撃文庫（メディアワークス　1998年2月）
2 ブギーポップ・リターンズVSイマジネーター　PART1　電撃文庫（メディアワークス　1998年8月）
3 ブギーポップ・リターンズVSイマジネーター　PART2　電撃文庫（メディアワークス　1998年8月）
4 ブギーポップ・イン・ザ・ミラー「パンドラ」　電撃文庫（メディアワークス　1998年12月）
5 ブギーポップ・オーバードライブ　歪曲王　電撃文庫（メディアワークス　1999年2月）
6 夜明けのブギーポップ　電撃文庫（メディアワークス　1999年5月）
7 ブギーポップ・ミッシング　ペパーミントの魔術師　電撃文庫（メディアワークス　1999年8月）
8 ブギーポップ・カウントダウン　エンブリオ浸蝕　電撃文庫（メディアワークス　1999年12月）
9 ブギーポップ・ウィキッド　エンブリオ炎生　電撃文庫（メディアワークス　2000年2月）
10 殺竜事件　講談社ノベルス（講談社　2000年6月）
11 ぼくらは虚空に夜を視る　徳間デュアル文庫（徳間書店　2000年8月）
12 冥王と獣のダンス　電撃文庫（メディアワークス　2000年8月）
13 ブギーポップ・パラドックス　ハートレス・レッド　電撃文庫（メディアワークス　2001年2月）
14 紫骸城事件　講談社ノベルス（講談社　2001年6月）
15 わたしは虚夢を月に聴く　徳間デュアル文庫（徳間書店　2001年8月）
16 ブギーポップ・アンバランス　ホーリィ＆ゴースト　電撃文庫（メディアワークス　2001年9月）

17ビートのディシプリン　SIDE1　電撃文庫（メディアワークス　2002年3月）
18あなたは虚人と星に舞う　徳間デュアル文庫（徳間書店　2002年9月）
19海賊島事件　講談社ノベルス（講談社　2002年12月）
20ブギーポップ・スタッカート ジンクス・ショップへようこそ　電撃文庫（メディアワークス　2003年3月）
21しずるさんと偏屈な死者たち　富士見ミステリー文庫（富士見書房　2003年6月）
22ビートのディシプリン　SIDE2　電撃文庫（メディアワークス　2003年8月）
23機械仕掛けの蛇奇使い　電撃文庫（メディアワークス　2004年4月）
24ソウルドロップの幽体研究　祥伝社ノン・ノベル（祥伝社　2004年8月）
25ビートのディシプリン　SIDE3　電撃文庫（メディアワークス　2004年9月）
26しずるさんと底無し密室たち　富士見ミステリー文庫（富士見書房　2004年12月）
27禁涙境事件　講談社ノベルス（講談社　2005年1月）
28ブギーポップ・バウンディング ロスト・メビウス　電撃文庫（メディアワークス　2005年4月）
29ビートのディシプリン　SIDE4　電撃文庫（メディアワークス　2005年8月）
30メモリアノイズの流転現象　祥伝社ノン・ノベル（祥伝社　2005年10月）
31ブギーポップ・イントレランス　オルフェの方舟　電撃文庫（メディアワークス　2006年4月）
32メイズプリズンの迷宮回帰　祥伝社ノン・ノベル（祥伝社　2006年10月）
33しずるさんと無言の姫君たち　富士見ミステリー文庫（富士見書房　2006年12月）
34酸素は鏡に映らない　講談社ミステリーランド（講談社　2007年3月）

35ブギーポップ・クエスチョン　沈黙ピラミッド　電撃文庫（メディアワークス　2008年1月）
36トポロシャドゥの喪失証明　祥伝社ノン・ノベル（祥伝社　2008年2月）

フランツ・カフカの引用は辻瑆訳（岩波書店刊）に基づきました。

——作者

ノン・ノベル百字書評

キリトリ線

なぜ本書をお買いになりましたか（新聞、雑誌名を記入するか、あるいは○をつけてください）

- □（　　　　　　　　　　）の広告を見て
- □（　　　　　　　　　　）の書評を見て
- □ 知人のすすめで
- □ タイトルに惹かれて
- □ カバーがよかったから
- □ 内容が面白そうだから
- □ 好きな作家だから
- □ 好きな分野の本だから

いつもどんな本を好んで読まれますか（あてはまるものに○をつけてください）

●**小説**　推理　伝奇　アクション　官能　冒険　ユーモア　時代・歴史　恋愛　ホラー　その他（具体的に　　　　　　）

●**小説以外**　エッセイ　手記　実用書　評伝　ビジネス書　歴史読物　ルポ　その他（具体的に　　　　　　）

その他この本についてご意見がありましたらお書きください

最近、印象に残った本をお書きください		ノン・ノベルで読みたい作家をお書きください	

1カ月に何冊本を読みますか	冊	1カ月に本代をいくら使いますか	円	よく読む雑誌は何ですか	

住所					
氏名		職業		年齢	
Eメール	※携帯には配信できません	祥伝社の新刊情報等のメール配信を　希望する・しない			

あなたにお願い

この本をお読みになって、どんな感想をお持ちでしょうか。

この「百字書評」とアンケートを編集部までいただけたらありがたく存じます。個人名を識別できない形で処理したうえで、今後の企画の参考にさせていただくほか、作者に提供することがあります。

あなたの「百字書評」は新聞・雑誌などを通じて紹介させていただくことがあります。採用の場合は、特製図書カードを差しあげます。

前ページの原稿用紙（コピーしたものでも構いません）に書評をお書きのうえ、このページを切り取り、左記へお送り下さい。電子メールでもお受けいたします。なお、メールの場合は書名を明記してください。

〒一〇一―八七〇一
東京都千代田区神田神保町三―六―五
九段尚学ビル　祥伝社
NON NOVEL編集長　辻　浩明
☎〇三（三二六五）二〇八〇
nonnovel@shodensha.co.jp

NON NOVEL

「ノン・ノベル」創刊にあたって

「ノン・ブック」が生まれてから二年一カ月、ここに姉妹シリーズ「ノン・ノベル」を世に問います。

「ノン・ブック」は既成の価値に〝否定《ノン》〟を発し、人間の明日をささえる新しい喜びを模索するノンフィクションのシリーズです。

「ノン・ノベル」もまた、小説《フィクション》を通して、新しい価値を探っていきたい。小説の〝おもしろさ〟とは、世の動きにつれてつねに変化し、新しく発見されてゆくものだと思います。

わが「ノン・ノベル」は、この新しい〝おもしろさ〟発見の営みに全力を傾けます。

ぜひ、あなたのご感想、ご批判をお寄せください。

昭和四十八年一月十五日

NON・NOVEL編集部

NON・NOVEL—841

長編新伝奇小説　トポロシャドゥの喪失《そうしつ》証明《しようめい》

平成20年2月20日　初版第1刷発行

著　者　上《か》遠《ど》野《の》浩《こう》平《へい》
発行者　深澤健一
発行所　祥《しよう》伝《でん》社《しゃ》
〒101—8701
東京都千代田区神田神保町 3-6-5
☎03(3265)2081(販売部)
☎03(3265)2080(編集部)
☎03(3265)3622(業務部)

印　刷　堀内印刷
製　本　ナショナル製本

ISBN978-4-396-20841-7 C0293

最新刊シリーズ

ノン・ノベル

長編新伝奇小説　書下ろし
トポロシャドゥの喪失証明　上遠野《かどの》浩平
新進工芸家の奇妙な造形物に謎の怪盗の〝予告状〟が⁉

超《スーパー》伝奇小説　書下ろし
退魔針　紅虫魔殺行《あかむしまさつこう》　菊地秀行
この男、妖魔か、英雄か?　大ヒットコミックから新ヒーロー誕生!

長編冒険スリラー　書下ろし
オフィス・ファントム　File3 史上最強の要塞　赤城《あかぎ》　毅《つよし》
失踪した遺伝子学者を追って異様な町に潜入した拓郎は…

長編痛快ミステリー　書下ろし
消滅島RPG《ロールプレイング》マーダー　天才・龍之介がゆく!　柄刀《つかとう》　一《はじめ》
伝承どおりに島が消える⁉
因習の島で龍之介たちが大ピンチ!

四六判

長編時代小説
覇の刺客　真田幸村の遺言　鳥羽　亮
将軍の座を巡る徳川吉宗の暗闘。
幸村の血を継ぐ男の驚愕の奇謀!

長編サスペンス
派手な砂漠と地味な宮殿　岩井志麻子
悪女の友情は存在するのか?
交錯する、女ふたりの運命は——

好評既刊シリーズ

ノン・ノベル

長編新伝奇小説　書下ろし
薬師寺涼子の怪奇事件簿　**水妖日《すいようび》にご用心**　田中芳樹
某国の王子様が来日中に暗殺。
美人テロリストを涼子が追う

四六判

長編歴史小説
臥竜《がりょう》の天　上・下　火坂雅志
東北の地から天下を狙い続けた、
〝独眼竜〟伊達政宗の苛烈な生涯!

長編ミステリー　書下ろし
黒い森　折原　一《いち》
引き裂かれた恋人からの誘い。男と女は樹海の奥に眠る惨劇の館へ…